ACHUB ANIFAIL

ANIFAIL

ERLID ELIFFANT

GYDA DIOLCH I STELLA, STEVE, AMY A TOBY JELLISS AM DDEWIS MYND AR WYLIAU I GENIA WYTH MLYNEDD YN ÔL

I SEFYDLIAD RHYNGWLADOL YR ELIFFANT – JB & SV

Argraffiad cyntaf 2015

ⓗ Gwasg Carreg Gwalch

Cyhoeddwyd gyntaf yn Saesneg yn 2010 dan y teitl *Safari Survival* gan Magi Publications, 1 The Coda Centre, 189 Munster Road, Llundain SW6 6AW.

Rhif rhyngwladol: 978-1-84527-517-4

Mae'r cyhoeddwyr yn cydnabod cefnogaeth ariannol Cyngor Llyfrau Cymru

Cyhoeddwyd gan Wasg Carreg Gwalch, 12 Iard yr Orsaf, Llanrwst, Dyffryn Conwy, Cymru LL26 0EH.
Ffôn: 01492 642031
Ffacs: 01492 641502
e-bost: llyfrau@carreg-gwalch.com
lle ar y we: www.carreg-gwalch.com

Argraffwyd a chyhoeddwyd yng Nghymru

ACHUB ANIFAIL

ANIFAIL

ERLID ELIFFANT

J. Burchett a S. Vogler

addasiad Siân Lewis

STATWS: FFEIL AR GAU
LLEOLIAD:
ALASGA, UDA
FFUGENW: EIRA WEN

ACHUB ANIFAIL

STATWS: FFEIL AR GAU
LLEOLIAD:
SICHUAN, TSIEINA
FFUGENW: IING IING

STATWS: FFEIL AR GAU
LLEOLIAD:
DE BORNEO
FFUGENW: CAWAN

STATWS: BYW
LLEOLIAD:
SWMATRA, INDONESIA
FFUGENW: TORA

STATWS: BYW
LLEOLIAD:
CENIA, AFFRICA
FFUGENW: TOMBOI

DATABAS Y PROSIECT

PENNOD UN

"Cuddia," hisiodd Ben. "Mae rhywun yn dod."

Plymiodd Sara, ei efaill, i'r llawr, ond roedd hi'n rhy hwyr. O'r tywyllwch camodd ffigwr niwlog, mewn mwgwd du, a chodi gwn.

Ping! Mewn braw, gwelodd Sara'r fflach ar ei brest. Roedd yr ergyd wedi'i tharo.

Tynnodd y dieithryn ei mwgwd a gwenu.

"Erica!" gwaeddodd Sara. "Pam wyt ti yma yn Laser-trac?"

"Dwi'n eich tracio chi'ch dau." Chwarddodd Erica a diffodd y gwn. "Dwi wedi dod â neges oddi wrth eich tad bedydd. Mae gan Gwyllt

7

dasg i chi."

"Cŵl!" ebychodd Ben. "Ydyn ni'n mynd i'r Pencadlys i gael y manylion?"

"Dim amser," meddai Erica, a'u llywio tuag at yr allanfa. "Rydyn ni ar ein ffordd i Affrica. Mae 'nghar i tu allan, yn barod i fynd â ni i'r awyren. Dwi wedi dweud wrth eich mam-gu, felly fydd hi ddim yn eich disgwyl chi adre heddiw."

Edrychodd Ben a Sara ar ei gilydd yn llawn cyffro. Ers i Dr Steffan Fisher, eu tad bedydd ecsentrig, eu recriwtio i helpu Gwyllt, roedden nhw wedi gwibio ar draws y byd. Doedd dim llawer o blant un ar ddeg oed yn gweithio i fudiad dirgel oedd yn achub anifeiliaid mewn perygl!

Milfeddygon oedd rhieni Ben a Sara. Roedden nhw'n gweithio dramor ar hyn o bryd, gan feddwl fod eu plant gartre'n cael gwyliau braf a diogel yng nghwmni'u mam-gu. Wydden nhw ddim fod Ben a Sara'n teithio'r byd i achub anifeiliaid – yn union fel eu rhieni!

"Mae hon yn dasg bwysig *iawn* felly," meddai Ben, wrth i'r car wibio ar hyd lôn dawel. "Beth yn union fyddwn ni'n ei wneud?"

"Aros i ni gael cyrraedd yr awyren," meddai Erica. "Fel rwyt ti'n gwybod, Dr Fisher ei hun fydd yn egluro i chi"

Daeth maes glanio bach i'r golwg. Gyrrodd Erica'r car i mewn i hen sgubor ddiraen, lle roedd jet preifat digon cyffredin yr olwg yn aros amdanyn nhw. Dringodd pawb i mewn, a dechreuodd Erica baratoi i hedfan.

"Dwi'n falch bod Wncwl Steffan wedi defnyddio stwff wedi'i ailgylchu i wneud yr awyren," meddai Sara, gan binsio'i thrwyn wrth i'r injan danio, "ond trueni'i fod e'n defnyddio tanwydd dom ieir a melyn wy. Dwi'n dal i gasáu'r arogl."

Cododd yr awyren fel aderyn, a chyn hir roedden nhw'n hedfan dros y môr.

"Nawr beth am y dasg?" gofynnodd Ben.

Gwasgodd Erica switsh.

Crynodd hologram yn yr awyr, a daeth eu tad bedydd i'r golwg, a'i het wellt yn nythu ar ben ei wallt sbeiclyd coch.

"Sut hwyl, blant bedydd?" meddai. "Os gwasgwch chi'r botwm coch ar y panel o'ch blaen, fe welwch chi gliw. Cliw mawr. Cysylltwch â fi pan fyddwch chi wedi penderfynu i ba anifail mae e'n perthyn."

Diflannodd yr hologram ar y gair, a gwasgodd Sara'r botwm. Agorodd blwch bach yn y panel. Ynddo roedd llygad wydr.

Edrychodd Ben a Sara arni'n fanwl.

Roedd yr iris yn felyn-frown a channwyll y llygad yn grwn ac yn ddu.

"Dwedodd Wncwl Steffan ei fod e'n gliw mawr," meddai Sara'n syn, "ond dyw hon ddim yn llygad fawr. Felly pam ddwedodd e hynny? Meddylia ... Affrica."

"Llew, llewpart, gnw," mwmialodd Ben, gan

rolio'r llygad ar gledr ei law. "A, dwi'n gwybod! Hawdd! Roedd e'n cyfeirio at yr anifail mwya." Gwasgodd Ben y switsh oedd yn cysylltu â Pencadlys Gwyllt. "Wyt ti'n clywed, Wncwl Steffan?"

   "Yn glir ac yn groyw," atebodd Dr Fisher. "Wyt ti wedi datrys y pos yn barod?"

"Eliffant yw e," meddai Ben yn falch.

"Da iawn," meddai llais eu tad bedydd.
"Eliffant Affricanaidd. Maen nhw'n fwy na'r
eliffantod Indiaidd ac yn fwy peryglus."
Swniai'n ddifrifol iawn. "Mae James, yn y
Pencadlys, wedi gweld neges drydar gan ddyn
sy'n gweithio i un o elusennau Cenia. Mae
eliffant bach o'r enw Tomboi mewn trafferth
ym Mharc Cenedlaethol Samburu. Mae trap
weiren am ei goes, a gallai'r clwyf fynd yn gas.
Mae e a'i fam eisoes yn dechrau llusgo y tu ôl i
weddill yr haid."

"Felly rwyt ti am i ni chwilio amdano,"
meddai Sara.

"Yn hollol," meddai Wncwl Steffan.
"Wedyn, defnyddiwch ddart i dawelu'r un
bach, tynnwch y weiren a rhoi gwrthfiotig
iddo. Dyna'i unig obaith o wella."

"Mae cit milfeddygol o dan y sedd yn ymyl
eich bagiau cefn," meddai Erica.

Cododd Ben fag bach cynfas ac edrych ar y

gynnau tawelu a'r poteli o foddion.

"Dyma'r math o offer sy gan Mam a Dad," meddai'n eiddgar.

"Falle bydd raid i chi dawelu anifeiliaid eraill heblaw Tomboi," meddai Erica. "Rhaid i chi gario'r gynnau bob tro y byddwch chi'n mynd am dro ar eich pen eich hun. Mae 'na anifeiliaid gwyllt peryglus iawn yng Nghenia."

Agorodd Sara'i bag.

"Sach gysgu, bwyd, beinociwlars, gogls gweld-yn-y-nos – ac wrth gwrs y BYG," meddai, gan afael mewn teclyn bach a edrychai fel consol gemau. "Allen ni ddim dod i ben heb hwn." Tapiodd yr allweddell, a daeth map lloeren i fyny ar y sgrin. "Hei! Mae'r awyren 'ma'n symud fel mellten. Rydyn ni'n hedfan dros yr Eidal yn barod."

"Dwi ddim yn deall, Wncwl Steffan," meddai Ben. "Sut aeth y trap am goes Tomboi? O'n i'n meddwl bod anifeiliaid yn ddiogel yn y gwarchodfeydd bywyd gwyllt – ac mae hela anifeiliaid yn groes i'r gyfraith yng Nghenia beth bynnag."

"Ydy," meddai llais Dr Fisher. "Ond yn anffodus fe gawson ni newyddion difrifol iawn. Mae 'na helwyr o gwmpas. Mae pobl yn y pentrefi cyfagos wedi darganfod corff sawl eliffant."

"Wedi cael eu saethu?" gofynnodd Sara.

"Ie," meddai'i thad bedydd yn ddwys. "Ac fe dorrwyd y pennau i ffwrdd, a'r cnawd. Eliffantod bach ifanc oedd rhai ohonyn nhw, yn wahanol i'r arfer."

"Iych!" llefodd Ben.

"Ffiaidd!" meddai Sara'n chwyrn.

"Felly dyna pam mae hwn yn achos brys," meddai Wncwl Steffan. "Rydyn ni yma yn Gwyllt yn meddwl bod 'na gysylltiad rhwng anaf Tomboi a'r marwolaethau. Roedd 'na ôl trap ar goes o leia un o'r rhai bach gafodd eu lladd."

"Pam na ddwedoch chi wrth yr awdurdodau?" gofynnodd Sara.

"Mae Gwasanaeth Bywyd Gwyllt Cenia'n gofalu am ardal enfawr, ac yn gorfod gweithio'n galed iawn. Allan nhw ddim dilyn pob trywydd, heb brawf pendant," atebodd ei thad bedydd. "A dim ond cyrff eliffantod sy gyda ni hyd yn hyn. Wrth gwrs pe baen ni'n sôn wrthyn nhw am goes Tomboi, bydden nhw'n mynd ag e i'r ysbyty anifeiliaid agosa, os gallen nhw gyrraedd ato mewn pryd. Ond wedyn, pan aiff e'n ôl i'r gwyllt, fe fydd e'n dal mewn perygl, os yw'r helwyr o gwmpas."

"Gwella'r goes yw'r peth pwysica, ond mae gyda ni gynllun arall sy braidd yn beryglus," ychwanegodd Erica. "Ar ôl trin Tomboi, rydyn ni am i chi adael yr un bach a'i fam yn y fan a'r lle a cheisio darganfod pwy yw'r helwyr."

"Rhaid i ni gael digon o brawf i'w rhoi mewn carchar." Oedodd eu tad bedydd. "Ydych chi'n fodlon mynd ar neges mor beryglus?"

"Bant â ni!" meddai Ben yn groch.

PENNOD DAU

"Rhaid i ni gyrraedd Tomboi cyn i rywbeth arall ddigwydd iddo," mynnodd Sara, ar ôl i Wncwl Steffan ffarwelio.

"A darganfod pwy osododd y trap," ychwanegodd Ben.

"Mae'ch tad bedydd wedi dyfeisio teclyn newydd i'ch helpu i gasglu gwybodaeth," meddai Erica.

Tynnodd flwch bach o'i phoced a'i daflu at Sara. Ynddo roedd disg metelaidd tua maint pin bawd.

"CATH yw ei enw," meddai Erica, "achos

mae'n Clywed a Thracio. Mae'n wych. Mae diferyn o lud cryf ynddo, a phan wasgwch chi CATH ar eich targed, bydd e'n glynu'n sownd. Mae camera bach bach a microffon y tu mewn. Bydd pob llun a sŵn yn cael eu trosglwyddo i'ch BYGs."

"Ffantastig," meddai Sara. "Ac mae e mor fach."

"Mae Dr Fisher eisiau dangos i chi sut mae e'n gweithio," meddai Erica, gan daro botymau a gyrru neges. "Gwasgwch eicon CATH ar eich BYGs."

Sgroliodd Ben a Sara drwy'r ddewislen a gwasgu CATH.

Ar unwaith daeth llun crynedig o resi o gyfrifiaduron pwerus iawn i fyny ar y sgrin.

"Stafell reoli Pencadlys Gwyllt!" ebychodd Ben.

"Dyma fi'n arddangos fy nheclyn Clywed a Thracio," meddai llais Wncwl Steffan drwy'r BYGs. "Croeso! Dylech chi fod yn gweld yn union be dw i'n weld – sef Stafell Reoli Pencadlys Gwyllt drwy lygaid CATH, sy'n sownd wrth fy het! Mae'r llun yn neidio, achos dwi'n cerdded o gwmpas."

Gwibiodd y llun tuag at James oedd yn astudio data, ac yna at y peiriant coffi a desg Dr Fisher, oedd bron â diflannu dan bentwr o bapurau, weiars a darnau o fetel.

"Anniben fel arfer!" meddai Ben. "Tybed be mae e'n ddyfeisio nawr?"

"Mae'n siŵr eich bod yn dyfalu be dwi'n ddyfeisio," meddai Dr Fisher. "Dwi ar hanner cynllunio craciwr wy awtomatig sy ... "

Gyda chlec ysgafn, plymiodd y llun tua'r llawr. Syllodd y plant ar yr hen bapurau losin a thopiau beiros oedd yn gorwedd o dan y ddesg.

Chwyrlïodd y llun eto, a dangos wyneb eu tad bedydd. Roedd e wedi tynnu'i het ac yn syllu i grombil CATH, ei fochau'n binc a'i wallt yn ffluwch.

"Sori," meddai, yn wên o glust i glust.

"Bagles i dros fy nghadair."

Gwenodd Ben ar Sara. Roedd eu tad bedydd
yn wych, ond roedd e hefyd yn lletchwith tu
hwnt!

"Pob lwc gyda'r dasg," meddai llais cryf
Wncwl Steffan. "Fe siaradwn ni cyn bo hir.
Dyna ddiwedd y neges – wel, ar ôl i chi
ddiffodd CATH."

Gwasgodd Ben a Sara'r botwm 'Allan'.

"Mae CATH yn gyrru signal i'r map lloeren
ar eich sgriniau BYG hefyd," meddai Erica.
"Os trowch chi at hwnnw…"

Ufuddhaodd y plant ar unwaith, a daeth map y byd i'r golwg. Roedd golau bach coch yn wincian dros Fôr y Gogledd. Pan sŵmion nhw'n nes, fe sylwon nhw fod y golau'n union uwchben Ynys y Gwyllt.

"Felly mae'n gallu tracio," meddai Sara'n edmygus.

"Dwi'n mynd i chwilio am wybodaeth am Barc Cenedlaethol Samburu," meddai Ben, gan droi at gyfrifiadur yr awyren a mynd ar y we. "Mae wrth droed Mynydd Cenia. Samburu yw enw'r bobl sy'n byw yno hefyd." Sgroliodd tuag i lawr. "Mae'n dweud fan hyn fod y Samburu'n gofalu am yr haid o eliffantod ac yn mynd â thwristiaid i'w gweld. Felly fydd 'na ddim problem dod o hyd i Tomboi. A falle cawn ni wybodaeth am yr eliffantod sy wedi marw." Aeth ar wefan arall a darllen yn awchus. "Mae eliffantod yn byw am tua saith deg o flynyddoedd... Mae'r benywod a'r rhai bach yn byw gyda'i gilydd mewn haid..."

"Mae Ben wedi hedfan i Blaned Ymchwil,"
meddai Sara, gan droi at Erica. "Pwy wyt ti'n
meddwl sy'n gwneud drwg i'r eliffantod?"
gofynnodd. "Potsiars sy'n hel ifori?"

"Na, dwi ddim yn meddwl," meddai Erica.
"Dwi'n gwybod bod y pennau wedi diflannu,
ond dyw helwyr ifori ddim eisiau'r cnawd fel
arfer – dim ond yr ysgithrau. Falle mai
gwerthwyr cig anghyfreithlon sy wedi lladd yr
eliffantod."

"Mae pobl yn bwyta eliffantod?" llefodd
Sara.

Nodiodd Erica'n ddwys.

"Ond pam maen nhw wedi targedu Tomboi?"
meddai Sara'n syn. "Does dim llawer o gig ar
eliffant bach."

"O, ych-a-fi!" gwaeddodd Ben yn sydyn, a'i
lygaid ar y cyfrifiadur.

Teimlodd Sara'n sâl pan welodd hi enw'r
wefan ar y sgrin – Gwyliau Hela Rhyngwladol.

Safai dynion â gynnau, yn wên o glust i

glust, ger cyrff gwaedlyd teigrod, llewod, eliffantod, rhino a byffalo. Ar hyd ochrau'r dudalen roedd hysbysebion yn annog y darllenydd i arddangos pennau'r anifeiliaid fel troffi ar blaciau o bren tîc a mahogani.

"'Dewch wyneb yn wyneb ag anifeiliaid ffyrnig yn eu cynefin,'" darllenodd Sara, a'i llais yn crynu. "'Bydd eich ffrindiau'n rhyfeddu at eich dewrder, wrth i chi herio anifeiliaid mwya ffyrnig y byd.'"

"Falle mai helwyr sy eisiau'r pennau fel troffi," meddai Ben.

Nodiodd Erica. "Mae'n werth ymchwilio. Gan fod hela'n groes i'r gyfraith yng Nghenia, all neb ladd yr anifeiliaid yn gyhoeddus. Ond dyw hynny ddim yn golygu nad yw pethau fel hyn yn digwydd."

Cliciodd Sara drwy'r lluniau ar y wefan. Roedd hi'n anodd edrych ar yr anifeiliaid marw. Roedd yr helwyr yn gwenu ar y camera, fel petaen nhw wedi gwneud camp fawr.

"Dwi'n gweld yr un lluniau dro ar ôl tro. Edrychwch ar y dyn haerllug â bochau fel gwaedgi a bathodynnau dros ei het. Frank Harris yw ei enw. Harris yw llywydd cangen Prydain o'r Clwb Hela Anifeiliaid Mawr. Mae e wedi saethu anifeiliaid ar bob cyfandir, medde fe." Blinciodd Sara wrth i ddagrau godi'n sydyn i'w llygaid. "Alla i ddim diodde meddwl am rywun yn saethu Tomboi."

Diffoddodd Ben y sgrin, a diflannodd y lluniau erchyll. "Rhaid i ni ddechrau ymchwilio cyn gynted ag y cyrhaeddwn ni Cenia. Awn ni'n syth i bentref Samburu i gasglu gwybodaeth."

PENNOD TRI

Brysiodd Ben a Sara ar draws cwrt eu gwesty, â'i lechi crand. Roedd Gwesty Amani yng nghanol Parc Cenedlaethol Samburu, ac yn foethus dros ben. Disgleiriai'r ffownten dan haul llachar y prynhawn, a gorweddai'r gwesteion dan ambarelau gwellt ar lan y pwll nofio, gan sipian diodydd. Crawciai parotiaid yn y coed, ac yn awr ac yn y man, gwibiai mwncïod wyneb-ddu dros y llawr i chwilio am fwyd, nes i'r gweinwyr eu gyrru i ffwrdd.

"Dydyn ni ddim yn gyfarwydd â lle mor

grand â hyn," meddai Sara, gan edrych o'i
chwmpas. "Edrych ar y twristiaid cyfoethog yn
ymlacio."

"Mae gyda ni waith llawer mwy pwysig,"
meddai Ben. "Symuda. Yn ôl yr hysbyseb mae
'na drip i'r pentref ymhen tair munud."

Cyflymodd Sara. "Tybed a yw Erica wedi darganfod rhyw gliw?"

Yn syth ar ôl iddyn nhw gyrraedd y gwesty, roedd neges wedi dod oddi wrth pencadlys Gwyllt yn dweud fod cig anghyfreithlon ar werth mewn tref gryn bellter i ffwrdd. Roedd Erica wedi llogi jîp a gyrru yno ar unwaith i weld a oedd 'na gysylltiad rhwng y cig a'r eliffantod marw. Roedd ganddi daith hanner diwrnod o'i blaen.

"Sut gall Erica ddarganfod cliw?" meddai Ben yn ffug-ddiniwed. "Mae ein tiwtor yn sâl yn ei gwely."

"Ydy, wrth gwrs!" Gwenodd Sara'n ddireidus.

Roedden nhw'n esgus bod Erica'n sâl, rhag ofn i rywun ofyn ble oedd hi.

Dringon nhw risiau oedd yn arwain at lawnt werdd dwt. Yma a thraw roedd gafrewigod yn pori'r gwair cwta, yn union fel pe baen nhw'n crwydro'r gwastadedd.

"Mae hwn yn lle mor braf!" ychwanegodd

Sara. "Mae'n anodd credu bod pethau ofnadwy yn digwydd i eliffantod yr ardal. Gobeithio y cawn ni wybodaeth gan y Samburu. Lle mae'r trip i'r pentref yn cychwyn?"

"Fan hyn yn yr ardd ogleddol," meddai Ben. "Ond alla i ddim gweld neb."

Roedd bachgen ifanc, yn iwnifform werdd y gwesty, yn chwynnu gwely blodau.

"Esgusoda fi," galwodd Ben. Cododd y bachgen ei ben a gwenu. Gwisgai fathodyn gweithiwr â'r enw 'Runo' arno. "Ydy'r trip i'r pentref yn gadael o fan'ma?"

"Ydy," meddai'r bachgen. "Fe adawodd ddwy awr yn ôl – am un o'r gloch."

"Beth?" gwichiodd Sara.

Edrychodd Ben ar ei watsh, a chochi. "Wps! Anghofies i newid i'r amser lleol."

"Ond rhaid i ni fynd i'r pentref cyn gynted â phosib," meddai Sara'n ofidus. "O'n i'n edrych 'mlaen am fynd am drip heddi, ti'n gweld," ychwanegodd, pan welod y bachgen yn craffu arni.

Gollyngodd Runo'i drywel. "Ydych chi'n gallu reidio camel?" gofynnodd, a'i lygaid yn dawnsio'n ddireidus.

"Na," meddai Sara.

"Ydyn!" mynnodd Ben.

Syllodd Sara'n gas ar ei brawd. "Dydyn ni erioed wedi reidio camelod," hisiodd.

Cododd Ben ei ysgwyddau. "Ond rydyn ni'n gyfarwydd iawn â reidio ceffylau. Fydd dim llawer o wahaniaeth."

"Galla i nôl camelod i chi nawr," meddai Runo. "Mynd â chi i'r pentref yn gyflym."

"Gwych!" meddai Ben, ac estyn am ei waled. "Faint yw'r pris?"

"Dim," meddai'r bachgen. "Chi'n mynd â bwyd sbâr o'r gegin i Tad-cu. Tad-cu'n byw yno a rhoi bwyd i'r geifr. Ei enw yw Wambua. Dilynwch fi."

"Dwedest ti fod hyn yn hawdd," meddai Sara, gan gydio'n dynn yn y cyfrwy wrth i'w chamel ysgwyd o un ochr i'r llall. "Dyw e ddim byd tebyg i reidio ceffyl."

"Cydia yn yr awenau ac eistedd yn llonydd," galwodd Ben o'i sedd uchel. "Mae'r camelod yn gwybod yn union beth i'w wneud, yn ôl Runo. Maen nhw'n aml yn mynd â thwristiaid i'r pentref."

"Dwi ddim yn credu bod gyda ni hawl i fynd heb ofalwr," meddai Sara. "Pan gyrhaeddon ni

gae'r camelod, roedd Runo'n slei ac yn dawel."

"Yn wahanol i ti. Fe sgrechiest ti dros y lle!" meddai Ben.

"O'n i'n meddwl 'mod i'n mynd i gwympo, pan gododd y camel ar ei goesau ôl yn gynta," protestiodd Sara.

"Fe ddoi di'n gyfarwydd," meddai Ben yn fodlon. "Ac mae 'na olygfa wych o gefn camel."

Syllodd y ddau ar wastadedd rhyfeddol Cenia. Yma a thraw, ar y tir gwastad, roedd clystyrau o lwyni, ac ambell acasia'n ymestyn ei changhennau fel ffan i'r awyr las.

"Mae 'na anifeiliaid ym mhobman!" ebychodd Sara, a chysgodi'i llygaid. "Sebras, ceirw, ac mae haid enfawr o gnwod ar y gorwel."

"A jiraffiaid yn bwydo ar y coed draw fan'na!" ychwanegodd Ben.

"Aaa! Edrych ar y moch bach annwyl!" galwodd Sara, wrth i deulu o foch dafadennog snwffian heibio a'u trwynau ar y ddaear.

Cododd Ben ei aeliau wrth glywed ei llais. "Gormod o slwtsh, Sara!" cwynodd.

Fe ddilynon nhw lwybr sathredig drwy'r glaswellt melyn, tuag at glwstwr o gabanau to-crwm yn y pellter. Roedd ffens drwchus o'u cwmpas.

"Dwedes i fod hyn yn hawdd," galwodd Ben. "Dwi am fynd yn gyflymach." Gwasgodd ei goesau'n erbyn ochrau'r camel. Ddigwyddodd dim byd. Gwasgodd yn galetach. Ar unwaith fe snwffiodd y camel yn ddwfn a'i daflu i'r llawr.

Glaniodd Ben mewn cwmwl o lwch.

"Dyw e ddim yn ddoniol!" chwyrnodd, a
rhwbio'i ben-ôl wrth i Sara chwerthin dros y
lle.

Blinciodd y camel ei amrannau hir a symud
yn hamddenol tuag at y pentref. "Cer di
'mlaen," meddai Ben, a'i ddilyn o bell.

O'r diwedd fe gyrhaeddon nhw'r fynedfa i'r
pentref, sef bwlch cul yn y ffens bigog.
Perswadiodd Sara'i chamel i benlinio, a
llithrodd oddi ar ei gefn.

"Mae'r ffens yn cadw'r eliffantod allan,"

meddai Ben. "Darllenes i hynny ar yr awyren. Er bod y Samburu'n hoff iawn o'r eliffantod, dydyn nhw ddim eisiau i'r haid wasgu'u tai yn fflat."

Clymodd Sara'r ddau gamel yn dynn i'r ffens, a rhoi pecyn Wambua dan ei braich. Cerddodd hi a Ben rhwng y cabanau crwn. Rhes o ganghennau syth oedd y waliau, a brigau wedi'u gwau drwyddyn nhw ac wedi'u llenwi â mwd. Roedd y toeau crwm wedi'u gwneud o grwyn anifeiliaid a matiau o laswellt. Swatiai'r menywod dros y sosbenni oedd yn berwi ar y tanau, a gofalai grŵp o ddynion am y geifr. Gwisgai pawb lieiniau wedi'u lapio am eu canol fel sgertiau, a hongiai gleiniau gloyw'n gadwyni am eu pennau, eu gyddfau, eu garddyrnau, ac o'u clustiau. Cododd pawb eu pennau pan welson nhw Ben a Sara'n nesáu, ac yna troi'n ôl at eu gwaith. Ddwedodd neb "helô", er i rai o'r plant bach syllu'n syn.

"Dydyn nhw ddim yn edrych yn gyfeillgar

iawn," sibrydodd Sara wrth Ben.

"Falle'u bod nhw'n swil," atebodd ei brawd. "Ble mae'r offer cyfieithu?" Ymbalfalodd yn ei rycsac, a thynnu clustffon bach o ochr ei BYG. "Os byddan nhw'n siarad â'i gilydd, fe fyddwn ni'n deall pob gair."

Rhoddon nhw'r ffonau yn eu clustiau.

Crwydrodd Ben a Sara o gwmpas, ond roedd hi'n amhosib mynd yn agos at y pentrefwyr. Bob tro roedd un yn mynd heibio, roedd e'n plygu'i ben ac yn dianc o'u ffordd.

"Does neb eisiau siarad â ni," sibrydodd Sara. "A dydyn nhw ddim yn siarad â'i gilydd. Dyna beth od."

Daliodd ei gwynt yn sydyn. "Mae llanast wedi digwydd fan hyn," meddai, a phwyntio dros gorlan y geifr. Rhyngddyn nhw a'r awyr las safai sgerbwd du caban.

"Mae wedi llosgi'n ddiweddar," meddai Ben.

"Mae caban arall wedi llosgi fan hyn – ac un arall," meddai Sara, wrth gerdded drwy'r pentref. "Dyna beth od. Mae'r cabanau sy rhyngddyn nhw'n iawn, felly roedd mwy nag un tân."

Aeth gwraig ifanc heibio, a babi yn ei breichiau.

"Esgusodwch fi," meddai Sara, a dangos y pecyn. "Wambua?"

Heb edrych arni, fe bwyntiodd y wraig yn gyflym at gorlan geifr gerllaw.

Roedd hen ddyn yn arllwys dŵr i gafn, a'r geifr cyffrous yn tyrru o'i gwmpas. Sylwodd ar y pecyn dan fraich Sara, wrth i'r plant fynd yn nes.

"Oddi wrth Runo," meddai Sara, a gwenu.

"Diolch," meddai'r hen ŵr. Roedd streipiau glas igam-ogam wedi'u peintio ar ei wyneb, ac roedd gleiniau trwm yn hongian o'i glustiau. "Rydych chi'n aros yn y gwesty?"

"Ydyn. Rydyn ni ar ein gwyliau," meddai Sara. Roedd hi'n falch bod rhywun yn barod i siarad. "Mae ein tiwtor, sy yma gyda ni, wedi'n

gyrru allan i chwilio am wybodaeth am
eliffantod."

"Maen nhw'n anifeiliaid mor wych,"
ychwanegodd Ben. "Allwch chi ddweud eu
hanes wrthon ni?"

Meddalodd wyneb yr hen ŵr. "Maen nhw'n
greaduriaid arbennig," meddai. "Rydyn ni mor
ffodus fod haid yn byw ar y gwastadedd.
Matriarch o'r enw Nyeupe yw'r arweinydd.
Gwyn yw ystyr yr enw yn eich iaith chi. Mae

Nyeupe'n wynnach na'r eliffantod eraill. Mae bron yn bum deg oed erbyn hyn ac yn fam-gu i lawer o eliffantod."

Pwyntiodd at dân bach a'u hannog i eistedd. Gerllaw roedd gwraig yn malu ŷd mewn powlen bren. Cipedrychodd yn nerfus ar y plant.

"Ydy hi'n haid fawr?" gofynnodd Sara.

"Mae 'na bedair benyw sy wedi tyfu i'w llawn faint a dwy ifancach … yn eu harddegau, fel petai," meddai Wambua. "A draw fan'na'n rhywle mae dau wryw. Dydyn nhw ddim yn byw gyda'r haid."

"Allwch chi fynd â ni i'w gweld nhw?" gofynnodd Ben.

Am eiliad disgleiriodd llygaid Wambua. "Mae'n daith wych. Rydyn ni'n cerdded am ddiwrnod, ac yna'n gwersylla dros nos ger pwll dŵr Tulivu, er mwyn gweld yr eliffantod yn dod i yfed yn y bore bach. Hynny yw, os oes digon o ddŵr yn y pwll, fel sy nawr."

Galwodd y wraig yn sydyn yn iaith Samburu. Clywodd Ben a Sara'r cyfieithiad drwy'u clustffonau.

"Bydd dawel, y twpsyn! Wyt ti eisiau achosi rhagor o helynt?"

Wnaeth Ben a Sara ddim ymateb, er mor anodd oedd hynny. Swniai'r wraig yn ofnus iawn.

Roedd ei rhybudd wedi dychryn Wambua hefyd. Ochneidiodd ac ysgwyd ei ben.

"Dydyn ni ddim yn mynd ag ymwelwyr yno nawr," meddai'n drist, gan gipedrych ar sgerbydau'r cabanau.

Trawodd Ben ei boced. "Fe dalwn ni'n dda."

"Mae'n amhosib," meddai Wambua'n ddiflas.

"Ond dwi eisiau gweld babi eliffant," cwynodd Sara, gan esgus bod yn ferch fach gyfoethog, stranclyd.

"Dim ond un sy ar ôl," meddai Wambua wrthi. "Felly does dim pwynt. Nawr rhaid i fi ofalu am y geifr. Hwyl fawr."

Trodd i ffwrdd.

Cododd Ben a Sara ar eu traed. "Diolch," galwodd Ben, wrth i'r ddau ddechrau cerdded yn ôl drwy'r pentref.

Crwydrodd merch fach ar draws eu llwybr, gan chwifio'i braich fel trwnc eliffant.

"O! Annwyl!" meddai Sara.

Neidiodd bachgen bach ar ei draed a'i ddilyn. Roedd e'n esgus bod yn eliffant hefyd. Roedd rhaff am ei goes, ac roedd e'n hercian.

Gwaeddodd yn ei iaith ei hun.

"Aros amdana i, Mami!" Clywodd Ben a Sara'r geiriau'n glir drwy'u clustffonau. "Mae 'nghoes i'n brifo."

"Dere, babi," meddai'r ferch. "Mae'r lleill yn mynd a'n gadael ni."

Yn sydyn neidiodd dau fachgen hŷn o'r tu ôl i focs, a chodi dwy ffon fel dau wn.

"Bang... Bang!" gwaeddon nhw, a chwympodd y ddau "eliffant" ar lawr.

Codon nhw ar unwaith a chwerthin.

"Nawr fe ro i'r fagl am dy goes di," meddai'r ferch wrth un o'r bechgyn hŷn. "A fi a Pili fydd yr helwyr."

Dechreuodd ddatod y rhaff o goes ei ffrind. Ond rhedodd un o'r gwragedd draw ati. Rhewodd y ferch fach, ac edrych yn euog.

"Dyna ddigon!" gwaeddodd y wraig. "Dwi wedi dweud a dweud wrthot ti. Paid dweud gair am eliffantod! Falle bod rhywun yn gwrando. Cofia be ddigwyddodd wythnos diwetha."

Edrychodd ar Ben a Sara mewn braw a hysio'r plant i mewn i gaban.

"Roedden nhw'n actio helfa!" meddai Ben. "Helfa lle mae rhywun yn rhoi magl am eliffant bach i'w arafu. Maen nhw wedi clywed eu rhieni'n siarad am y peth."

"Mae'r fam a'r babi'n cael eu gwahanu oddi wrth weddill yr haid, felly mae'n hawdd eu saethu," meddai Sara. "Am beth ofnadwy! Mae'r helwyr wedi rhoi magl am Tomboi bach er mwyn lladd ei fam. Mae'r pentrefwyr yn rhy ofnus i ddweud gair."

"Tybed a oes 'na gysylltiad rhwng y tanau a'r helwyr?" meddai Ben. "Achos mae rhywbeth yn stopio'r pentrefwyr rhag gofalu am yr eliffantod."

"Felly rhaid i ni wneud y gwaith ar eu rhan," meddai Sara'n bendant.

PENNOD PEDWAR

Roedd yr haul yn disgyn tuag at y gwastadedd
erbyn i Ben a Sara gyrraedd yn ôl i'r gwesty.
Yn ddistaw bach aeth Runo â'r camelod yn ôl
i'w corlan.

"Rhaid i ni fynd i chwilio am Tomboi fory,"
meddai Ben, ar y ffordd yn ôl i'w hystafell.
"Dwedodd Wambua fod yr haid yn mynd at y
pwll dŵr ar doriad gwawr. Os dechreuwn ni'n
gynnar yn y bore a gwersylla dros nos, fe
ddylen ni fod yno mewn pryd."

"Gorau po gynta y gwellwn ni ei goes,"
meddai Sara. "Wyddon ni ddim pryd y daw'r

helwyr, ond os gallwn ni wella Tomboi, fe all e a'i fam fynd yn ôl at yr haid a bydd hi'n llawer anoddach eu saethu."

Roedden nhw'n croesi'r cyntedd i gasglu'r allwedd o'r dderbynfa, pan gydiodd Sara ym mraich ei brawd.

"Wyt ti'n nabod y dyn sy'n pwyso ar y ddesg?" sisialodd.

Syllodd Ben ar y dyn tal, braidd yn dew, mewn siorts a chrys-T, oedd yn siarad Saesneg yn uchel â rheolwr y gwesty. "Nac ydw."

"Edrych ar y bathodynnau a'r plu ar ei het," mynnodd Sara. "Fe welson ni sawl llun o'r dyn ar y wefan hela ych-a-fi 'na."

"O, do!" meddai Ben. "Hwnna yw'r ffŵl sy'n brolio ei fod e wedi saethu anifeiliaid ar bob cyfandir."

"Beth oedd ei enw?" sisialodd Sara. "Fe weles i hwnnw sawl gwaith hefyd."

Meddyliodd Ben am funud. "Harris! Frank Harris!"

Casglon nhw'r allwedd â'i haddurn mawr
siâp rhino, a mynd yn syth i'w hystafell wely.

"Nid cyd-ddigwyddiad yw hwn. Mae 'na
ddyn yma sy'n hela anifeiliaid mawr, ac ar yr
un pryd mae eliffantod yn cael eu saethu'n
anghyfreithlon," meddai Ben, gan gerdded yn
ôl ac ymlaen rhwng y ddau wely. "Ond does
gyda ni ddim prawf ei fod e am ladd eliffantod."

"Dyna pam mae CATH Wncwl Steffan mor

handi," meddai Sara'n frwd. "Fe rown ni'r teclyn ar Mr Harris, a gwrando ar ei gynlluniau." Tynnodd focs CATH o'i rycsac a'i agor. "Ond mae 'na broblem. Sut ydyn ni'n mynd i roi'r teclyn ar Mr Harris? A ble'n union?"

Crychodd Ben ei dalcen. "Mae'n bwysig bod CATH yn mynd gyda Mr Harris i bobman."

"Ond allwn ni ddim mynd draw a rhoi CATH ar ei grys!" meddai Sara. "A beth bynnag, fydd e ddim yn gwisgo'r un dillad bob dydd."

Meddylion nhw am foment.

"Ei het!" gwaeddodd Ben. "Gallen ni roi CATH ar ei het."

"Cynllun da!" meddai Sara, gan roi'r bocs bach ym mhoced ei siorts. "Ond bydd hi'n anodd dewis yr amser cywir."

"Mae gen i gynllun arall," meddai Ben. "Cinio. Dwi'n llwgu."

Eisteddodd Ben a Sara wrth eu bwrdd ar y llwyfan pren y tu ôl i'r gwesty. O'u blaen roedd llyn bach. Llosgai canhwyllau sitronela o'u cwmpas i gadw'r mosgitos draw. Yn y gorllewin roedd yr haul wedi machlud y tu ôl i'r bryniau isel, gan adael gwrid cynnes ar y gorwel. Weithiau âi gwarchodwr heibio, a'i reiffl ar ei ysgwydd rhag ofn i anifeiliaid rheibus fentro'n rhy agos.

Bob hyn a hyn, roedd y bobl wrth y byrddau'n cyffroi, wrth i un o anifeiliaid y nos ddod at y llyn i yfed.

"Beth yw hwnna?" gofynnodd Sara, pan sleifiodd creadur bach â chynffon flewog ddu a gwyn at ymyl y dŵr.

Estynnodd Ben y BYG o'i rycsac a sbecian arno o dan y bwrdd. "Cath jenet," darllenodd. "Yn ddiddorol iawn, nid cath yw hi ond aelod o deulu'r mongŵs."

"Mae mor giwt," meddai Sara. Rholiodd Ben ei lygaid.

Bwytodd y plant eu cyrri pysgod mor araf ag y gallen nhw a gwylio'r bobl yn dod i mewn ac allan. Doedd dim sôn am Frank Harris. Dechreuodd Ben chwarae â'r BYG eto.

"Mae'r BYG wedi nabod sŵn caracal," meddai wrth Sara, a'i lygaid yn disgleirio. "Cath â chlustiau pigfain fel lyncs yw'r caracal."

"Mae gen ti Game Boy cŵl," meddai llais. Cododd Ben ei lygaid. Roedd bachgen tua deuddeg oed â gwallt byr melyn yn gwenu arno o'r bwrdd nesa. "Oes gen ti *Alien Escape 4?*" Wrth i'r bachgen ddod draw i gael sbec, gwasgodd Ben fotwm a gwibiodd gêm ar y sgrin.

"Na, dim ond gêm bêl-droed sy gen i hyd yn hyn." Dangosodd Ben y gêm. "Dyw hi ddim yn un dda iawn." Gwthiodd y BYG yn gyflym i'w boced.

"Fyddwn ni ddim yn chwarae llawer o gemau cyfrifiadur fan hyn," meddai Sara. "Mae gormod o bethau i'w gweld."

"Mae'n lle gwych, yn dyw e?" meddai'r

bachgen yn frwd. "Mae gen i gamera newydd,
ac alla i ddim aros i dynnu lluniau. Rydyn ni'n
mynd ar daith cyn diwedd yr wythnos i dynnu
lluniau'r bywyd gwyllt. Dwi'n gobeithio cael
lluniau o'r pump mawr. Bydd hi'n hawdd cael
lluniau llewod, eliffantod, rhinos a byffalos,
ond bydd y llewpardiaid yn anoddach."

"Wyt ti'n gwneud ffrindiau, Lester?" meddai
llais mawr cryf.

Newidiodd agwedd Lester ar unwaith. "Dim
ond sgwrsio, Dad," mwmialodd.

Trodd Ben a Sara i edrych ar ei dad.

Pwy oedd e ond Frank Harris.

PENNOD PUMP

Taflodd yr heliwr ei siaced ar gefn ei gadair.
Rhochiodd yn uchel wrth eistedd, a chochodd
Lester.

"O'n i'n sôn am y daith," eglurodd y
bachgen, gan ddisgyn i'w sedd a byseddu'r
blodau yn y llestr ar ganol y bwrdd.

"Am unwaith fe fyddi di'n gweld sut mae
dynion go iawn yn byw," meddai'i dad. "Fe
fyddi di'n cerdded ar draws y gwastadedd fel
bushman, yn gwersylla mewn pabell syml, yn
coginio dy fwyd dy hun a–"

Tagodd wrth i Lester roi sgrech a gollwng y
blodau.

"Be sy'n bod?" chwyrnodd Mr Harris.

"Corryn," crawciodd Lester. "Un enfawr. Mae e ar y petal."

A'i wyneb yn goch a chynddeiriog, trawodd Mr Harris y corryn ar y bwrdd a'i wasgu â'i ddwrn. "Sgrechian am ddim byd," cwynodd gan fflician y corff i ffwrdd.

"Oedd rhaid i ti 'i ladd e?" protestiodd Lester.

Diflannodd Ben a Sara y tu ôl i'w bwydlenni.

"Druan â Lester," sisialodd Sara. "Mae'i dad yn erchyll."

"Wel, o leia mae Mr Harris yn mynd â'i fab i dynnu lluniau," meddai Ben. "Falle mai dyna'i unig reswm dros ddod yma."

"Rhaid i ni wneud yn siŵr," meddai Sara, gan wasgu'r boced lle roedd CATH yn swatio. "Edrych, dyw e ddim wedi dod â'i het."

"Felly mae hi yn ei stafell," meddai Ben.

"Allwn ni ddim mynd fan'ny," sisialodd Sara.

"Mae'n rhaid i ni," meddai Ben. "A rhaid i

ni gael yr allwedd. Edrych, mae hi'n hongian dros ymyl ei boced. Os tynna i ei sylw, fe alli di ei chipio."

"Bydd yn ofalus," siarsiodd Sara.

"Paid â phoeni." Winciodd Ben a chodi ar ei draed. Cerddodd yn hamddenol heibio Mr Harris a'i fab, oedd yn astudio'u bwydlenni, a mynd draw at y bwrdd pwdinau. Rhoddodd ddau bapaia a mango ar blât a gwau'i ffordd yn ôl. Pan oedd e yn ymyl Lester a'i dad fe faglodd. Rholiodd y bwyd o'r plât a sboncio o dan y bwrdd.

"O na!" ebychodd Ben. Plymiodd o dan y lliain a chropian dros eu traed, i chwilio am y ffrwythau.

"Beth wyt ti'n wneud?" snwffiodd Frank Harris, gan wthio'i gadair yn ôl a sbecian o dan y bwrdd.

Rholiodd Ben y mango dros y llawr tuag at Sara. Neidiodd hithau o'i chadair ac esgus chwilota ar y llawr. Ar yr un pryd, estynnodd

un llaw'n chwim i boced siaced Mr Harris,
cipio'r allwedd a'i chuddio yn llawes ei chrys
chwys.

Cripiodd Ben i'r golwg a'r papaias yn ei law.
"Dyma nhw!" meddai'n llon.

"A dyma'r mango!" meddai Sara, gan ddangos y ffrwyth. "Sori am dorri ar eich traws chi."

Dechreuodd Lester chwerthin, ond stopiodd pan syllodd ei dad arno.

"Am blant afreolus!" chwyrnodd Frank Harris. "Ddylech chi ddim bwyta yma heb eich rhieni. Ble maen nhw?"

"Dyw'n rhieni ddim yma," meddai Sara.

"Cywilyddus! Plant ar eu pennau'u hunain."

Cochodd Lester a syllu ar y bwrdd.

"Ond mae'n tiwtor yn ei stafell," meddai Ben yn hamddenol. "Dyw hi ddim yn teimlo'n dda."

"Pam na fyddech chi wedi bwyta gyda hi?" snwffiodd Mr Harris. "Yn lle dod yma i boeni pawb."

"Fe awn ni'n ôl ati nawr," meddai Sara'n gyflym. "A mynd â'r ffrwythau iddi. Dere, Ben," meddai, a chydio ym mraich ei brawd.

Ar ôl gofalu bod y coridor yn wag, gwthiodd Sara allwedd stafell 212 i'r clo. Agorodd y drws a datgelu stafell wely enfawr. Ar y waliau roedd lluniau hyfryd o lewod, llewpardiaid a jiraffiaid yn eu cynefin. Plymiodd y plant drwy'r drws a'i gau.

"Waw!" ebychodd Ben. "Mae hon yn llawer mwy crand na'n stafell ni."

Ar y ddesg yn y gornel roedd gliniadur a chylchgronau hela. Gorweddai dillad dros y cadeiriau, ac ar ganol y gwely pedwar postyn safai'r het.

"Does dim eiliad i'w cholli," meddai Sara'n nerfus. Taflodd yr allwedd a'r mango ar y gwely a gafael yn yr het.

Mewn chwinciad roedd hi wedi glynu CATH ar y tu blaen, rhwng pluen werdd a bathodyn â'r geiriau *Hot shot!* Glynodd y teclyn bron ar unwaith. Roedd hi newydd roi'r het yn ôl ar y gwely pan glywson nhw leisiau y tu allan i'r drws.

"Roedd yr allwedd gen i, dwi'n siŵr." Llais Mr Harris!

"Dim problem, syr." Clywodd y plant lais y dyn oedd yn gweithio yn y dderbynfa ac yna sŵn allwedd yn llithro i'r clo. "Mae gen i allwedd sy'n agor pob drws."

"Brysia!" hisiodd Ben. "Cuddia!"

Plymiodd y plant o dan y gwely.

"Y mango!" gwichiodd Sara. "Dwi wedi'i adael gyda'r allwedd ar y gwely!" Neidiodd allan a chipio'r ffrwyth.

Roedd hi'n sleifio'n ôl o dan y gwely pan agorodd y drws.

Clywson nhw Mr Harris yn gweiddi'n syn, a gweld ei sandalau'n dod tuag atyn nhw.

Edrychodd y plant ar ei gilydd, a'u llygaid bron â neidio o'u pennau. Oedd e wedi gweld Sara?

Ond yn sydyn fe chwarddodd Frank Harris yn gras. "Dyma hi!" Safodd o flaen y gwely, a'i draed ychydig gentimedrau o flaen eu trwynau.

Ratlodd yr allwedd, wrth i Frank Harris ei chodi, ac yna tinciodd darnau o arian. Symudodd Mr Harris i ffwrdd. "Dyma rywbeth bach i chi am eich trafferth."

"Diolch yn fawr, syr." Cymerodd y derbynnydd y cildwrn, a mynd allan gan gau'r drws yn dawel.

"Allwn ni aros fan hyn a gwylio'r teledu?"

meddai llais Lester. "Dwi wedi blino."

"Dydyn ni ddim wedi dod yr holl ffordd yma
er mwyn i ti gael gwylio'r teledu," meddai'i dad
yn bendant. "Awn ni i siarad â Chitundu nawr.
Mae e wedi gofyn am weld y bathodynnau ar
fy het," ychwanegodd, gan godi'r het a'i rhoi ar
ei ben.

"Pwy yw Chitundu?"

"Dwyt ti byth yn gwrando!" meddai Mr
Harris yn ddiamynedd. "Dwi wedi dweud
wrthot ti. Mae e'n un o'r Samburu. Mae'n dod
o bentref lleol, ond mae e'n byw yn y gwesty
nawr. Fe sy'n mynd â ni ar y daith. Dwi eisiau i
ti gwrdd ag e."

"O, dwi'n cofio," mwmialodd Lester. "Ond
bydd e'n rhy brysur i gwrdd â ni. Dwedest ti
mai cogydd yw e, ac mae'n dal yn amser
cinio."

"Mae e'n siŵr o ddod," meddai Mr Harris.
"Ond paid â dweud wrth neb ei fod e'n trefnu'r
daith. Fyddai hi ddim yn deg i Chitundu petai

rheolwr y gwesty'n clywed. Dyw'r staff ddim i fod ennill arian ar draul y gwesteion."

"Ond sut gall Chitundu adael y gwesty heb i neb wybod?" mynnodd Lester.

"Sut wyt ti'n meddwl?" snwffiodd ei dad. "Mae e'n mynd i gymryd ychydig o wyliau – heb dâl, wrth gwrs – felly fydd neb ddim callach." Chwarddodd yn gras unwaith eto. "Bydda i'n talu'n dda, felly fydd e ddim ar ei golled."

Symudodd at y drws. "Ffwrdd â ni," meddai. "Dere â dy gamera i ddangos i Chitundu."

Ochneidiodd Lester. Clywson nhw'i draed yn brysio i'w stafell wely, ac yna'n ôl at ei dad. O'r diwedd caeodd y drws.

Gwrandawodd Ben a Sara'n astud am foment, cyn sleifio o'u cuddfan.

"Bues i bron â gwasgu'r papaias yn fflat." Gwenodd Ben. "Buon ni bron â cholli'n pwdin a ..." Tawodd yn sydyn. Roedd allwedd yn troi yn y clo eto. Newydd lanio o dan y gwely oedden nhw, pan redodd Lester i mewn.

"Dwi'n mynd 'mlaen, Lester," meddai llais grwgnachlyd Frank Harris yn y coridor. "Paid â bod yn hir."

"Fydda i ddim," snwffiodd ei fab yn bwdlyd. "Dwi eisiau batri i'r camera."

Clywodd Ben a Sara sip bag yn agor. Roedd Lester yn cael rhyw fath o ffwdan â'i gamera. Yna fe ddisgynnodd y batri â chlec ar y llawr pren.

Sbonciodd, llithro o dan y gwely, a glanio rhwng Ben a Sara.

Symudodd y ddau mor bell yn ôl ag y gallen nhw, wrth i Lester ddisgyn ar ei bengliniau. Roedd arnyn nhw ofn anadlu. Mewn chwinciad byddai Lester yn eu gweld.

PENNOD CHWECH

Rholiodd Ben ar ei gefn yn gyflym, cipio'i BYG o'i boced a gwasgu bysellau. Wrth i Lester estyn ei law ymhellach o dan y gwely, ffrwydrodd hisian neidr o'r BYG. Sgrechiodd Lester mewn braw, a thynnu'i law'n ôl. Fe welson nhw'i draed yn rhuthro am y drws mewn panig. Caeodd y drws â chlec.

"Sut oeddet ti'n gwybod bod Lester ofn nadroedd?" sibrydodd Sara.

Cododd Ben ei ysgwyddau a chripian allan o'i guddfan. "Dyfalu wnes i! Roedd arno ofn corryn, yn doedd?"

"Gwell i ni ddianc cyn i Mr Harris yrru rhywun i gael gwared o'r neidr," meddai Sara.

Ar ôl cyrraedd eu stafell, taflodd Ben y papaias ar y bwrdd gwisgo. "Roedd y daith yn swnio'n ddirgel iawn. Beth os mai helfa yw hi?" meddai â'i wynt yn ei ddwrn. "Pam mae popeth mor ddirgel, os mai tynnu lluniau maen nhw?"

"Gan bwyll nawr!" meddai Sara. "Does neb wedi sôn am helfa. Dyw'r gwesty ddim yn fodlon i'w staff wneud gwaith ychwanegol – dyna ddwedodd Mr Harris. Ac mae Lester yn mynd i ddangos ei gamera i Chitundu. Felly digon posib mai taith dynnu lluniau yw hi."

"Dere i wrando ar CATH," meddai Ben. Tapiodd y botwm CATH ar y BYG. Crynodd y sgrin, a daeth goleuadau llachar, coed palmwydd a byrddau i'r golwg.

"Maen nhw yng nghornel yr iard," meddai Sara, gan edrych dros ysgwydd ei brawd. "Does neb yn eistedd yn eu hymyl nhw. Ydy

Chitundu yno? Alla i ddim gweld. Alli di glywed rhywbeth?"

"Falle, os byddi di'n cadw llai o sŵn!" meddai Ben yn ddireidus.

Tynnodd Sara'i thafod arno.

Eisteddodd y plant yn dawel ar wely Sara, a gwrando. Ar y dechrau, doedd dim i'w glywed ond mwmian. Yna daeth iwnifform werdd y gwesty i'r golwg a llenwi'r sgrin.

"Chitundu!" meddai llais Mr Harris. "Eistedd lawr."

"Dim ond eiliad sy gen i." Roedd y llais yn dawel, a'r acen yn debyg i un Runo a'i dad-cu. "Mae'r bòs o gwmpas."

"Beth yw'r ots? Rwyt ti wedi dod i ddweud wrtha i beth yw cynhwysion y *Nyama Choma* blasus gawson ni heno, yn dwyt?" Roedd Mr Harris mewn hwyliau da. Yna fe sibrydodd, "Dyma fy mab, Lester. Mae e'n dod gyda ni. Ydy popeth yn barod?"

"Ydy. Mae gen i'r ... offer, ac fe alla i gymryd

gwyliau ymhen tri diwrnod."

Pwysodd y siaradwr tuag atyn nhw, a'i
ddwylo ar y bwrdd. O'r diwedd roedd Ben a
Sara'n gallu gweld ei wyneb ar sgrin y BYG.
Roedd e'n ifanc, a'i wallt yn ddu ac yn gwta
iawn. "Falch i gwrdd â ti, Lester." Pwyntiodd at
rywbeth ar y bwrdd a gwenu o glust i glust.
"Rwyt ti wedi dod â dy gamera – neis iawn,
ond fe ddo i â rhywbeth arall fydd yn dy helpu
di i gael 'siot'."

Swingiodd y llun a dangos Lester yn edrych
ar ei gamera.

"Paid ag edrych mor ddiflas!" meddai'i dad.
"Cer i nôl lemonêd, tra bydda i a Chitundu'n

trafod y manylion." Crafodd cadair Lester tuag yn ôl, a stampiodd y bachgen i ffwrdd. Trodd Mr Harris ar ei union at Chitundu.

"Gobeithio bod gen ti rywbeth da i fi hefyd," meddai'n frwd. "Allwn i ddim dod â f'un i."

Edrychodd Chitundu o'i gwmpas rhag ofn bod rhywun yn gwrando. "Yr un cyflyma allwn i brynu, â chetrisen drom braf," atebodd yn llyfn. "Bydd hi'n torri drwy asgwrn fel cyllell drwy fenyn. Dwi wedi cuddio'ch 'offer' yn ymyl y pwll dŵr, felly fydd dim rhaid i chi ei gario o flaen pawb. Wrth gwrs, bydd rhaid i fi gario rhywbeth i'n gwarchod, ond bydd pobl yn disgwyl hynny."

Gwasgodd Ben a Sara'u dyrnau'n dynn, a gwrando'n astud o ddiogelwch eu stafell.

"A bydd yr un bach yn araf iawn erbyn hynny," ychwanegodd Chitundu gan wenu'n fodlon. "Mae sawl diwrnod ers i fi roi'r fagl am ei goes. Bydd e a'i fam yn llusgo ymhell y tu ôl i'r haid, ac yn hawdd eu targedu."

"Felly, *fe* yw'r un sy'n gyfrifol am ladd yr anifeiliaid," meddai Ben, a'i ddannedd yn dynn.

"Yn union fel y dangosodd plant y pentref," ychwanegodd Sara.

"Gad y fam i fi." Swniai Mr Harris yn hunanfodlon iawn. "A'r un bach i Lester. Y tro cynta iddo ladd anifail. Ond, mae'n syrpreis, cofia. Paid â dweud gair nes byddwn ni bron â chyrraedd."

"Popeth yn iawn," meddai Chitundu'n ddwys. "A chofiwch y cytundeb. Fe gewch chi'r pennau. Fe ga inne'r cig."

"Wrth gwrs," meddai Mr Harris.

"Mae'n ffiaidd!" ebychodd Sara, a chwffio'i gobennydd mewn tymer.

Roedd Chitundu'n codi. "Rhaid i fi fynd yn ôl i'r gegin."

"Diolch am y rysáit," meddai Mr Harris yn uchel. "Dwi'n siŵr y bydd e'n llwyddiant mawr."

Swingiodd y llun eto a dangos Lester yn dod â'i lemonêd.

"Dwedest ti fod gen i gamera da iawn, Dad," cwynodd. "Felly pam mae Chitundu am roi un arall i fi?"

"Dim ond jôc," meddai'i dad yn gyflym. "Mae Chitundu'n arbenigwr, cofia. Mwy na thebyg ei fod e am roi benthyg lens sŵm i ti. Paid â grwgnach!"

Diffoddodd Ben y llun.

"Rydyn ni wedi darganfod yr helwyr!" meddai. "Nawr mae gyda ni dri diwrnod cyn iddyn nhw gychwyn."

Edrychodd ar y map lloeren ar ei BYG. "Soniodd Wambua am bwll dŵr. Mae hwnnw tua'r de-ddwyrain," meddai wrth ei chwaer. "Mae'n cymryd diwrnod i gerdded yno. Os gadawn ni ar doriad gwawr fory, fel dwedon ni, fe fyddwn ni yno mewn pryd."

Dechreuodd Sara roi sachau cysgu a phecynnau bwyd yn eu bagiau cefn yn barod am y daith.

"Wyt ti'n meddwl y caiff Tomboi ddigon o

amser i wella a mynd yn ôl at yr haid?"
meddai'n sydyn. "A beth am yr helwyr?
Byddan nhw'n gallu'i dracio beth bynnag."

"Dwi'n mynd i riportio i Wncwl Steffan,"
meddai Ben. "Fe ddweda i fod yr helwyr yn
cychwyn ymhen tri diwrnod, ac fe all e
rybuddio'r awdurdodau. Bydd hynny'n rhoi
digon o amser iddyn nhw drefnu sut i ddal yr
helwyr wrth eu gwaith."

Gwasgodd y botwm brys ar y BYG a
chysylltu'n syth â pencadlys Gwyllt.

"Pa newyddion?" meddai llais cyffrous eu tad
bedydd.

Yn gyflym iawn soniodd Ben am roi CATH
ar yr het, ac yna dywedodd be glywson nhw.
"Felly fe fyddi di'n gofyn i Wasanaeth Bywyd
Gwyllt Cenia arestio'r helwyr?" meddai.

"Dyw hi ddim mor hawdd â hynny, Ben,"
atebodd Dr Fisher. "Mae Chitundu'n glyfar.
Does 'na ddim prawf ei fod e'n heliwr – ac
allwn ni ddim dweud wrth neb eich bod chi

wedi gwrando ar y sgwrs drwy offer dirgel
Gwyllt. Ar ôl i chi drin coes Tomboi, cadwch
lygad ar Harris, a rhowch wybod pan fydd yr
helwyr yn agosáu at y pwll dŵr. Fe wna i'n siŵr
fod Gwasanaeth Bywyd Gwyllt Cenia'n
clywed. Neges drosodd."

Rhoddodd Sara'r cit meddygol, dau dortsh,
poteli dŵr, gogls nos a beinociwlars yn y bagiau
cefn.

"Gynnau tawelu ar y top, rhag ofn," meddai, gan gau'r sip. "Tomboi, dyma ni'n dod."

PENNOD SAITH

Deffrowyd Sara gan sŵn larwm yn ei chlust. Rholiodd o'i gwely yn y tywyllwch ac ysgwyd Ben. Roedd hi'n anodd ei ddeffro bob amser – ond yn enwedig am hanner awr wedi pump y bore. Erbyn iddo wisgo, roedd ei chwaer yn sefyll wrth y drws, ac yn edrych ar y map lloeren ar ei BYG.

Cripion nhw'n ofalus i lawr y coridor llwydaidd, rhag ofn i'r llawr pren wichian.

O'r diwedd daeth y drysau mawr dwbl, oedd yn arwain i'r cyntedd, i'r golwg. Roedd golau gwan yn y cyntedd.

"Alla i ddim gweld neb wrth y dderbynfa," meddai Sara. "Ffwrdd â … w!"

Roedd rhywun wedi dod rownd y gornel a tharo yn ei herbyn. Lester Harris oedd e. Roedd ei gamera'n hongian am ei wddw, ac yn amlwg roedd e wedi gwisgo ar frys.

"Sori," mwmialodd, a chrafu'i wallt anniben. "Dwi ddim wedi deffro'n iawn."

"O'n i'n meddwl mai ni oedd y cyntaf i godi!" meddai Ben, gan wneud ei orau i swnio'n llon a chyfeillgar. "Wyt ti'n mynd i rywle diddorol?"

Agorodd Lester ei geg yn gysglyd. "Mae Dad yn mynd â fi i dynnu lluniau. Ond o'n i ddim yn disgwyl cael fy llusgo o'r gwely ganol nos!"

Syllodd Ben a Sara ar Lester, a cheisio cuddio'u braw. Roedd yr helfa ar fin cychwyn!

"Pam y'ch chi'ch dau ar eich traed mor gynnar?" meddai llais cyfarwydd, a daeth Mr Harris i'r golwg.

Roedd e'n barod at y daith — yr esgidiau cerdded diweddaraf am ei draed, beinociwlars

drud am ei wddw a'r het â bathodynnau ar ei
ben. A'i ddwylo ar ei gluniau, syllodd yn fanwl
ar Ben a Sara ac ar eu bagiau cefn. Pwyntiodd
fys. "Dwi'n gweld. Cripian allan tra mae'ch
tiwtor yn sâl. Betia i y bydd hi'n falch o glywed
hyn."

"Na," protestiodd Sara. "Mae ..."

"Mae'n rhaid i fi roi gwybod i'r gwesty eich

bod chi'ch dau'n mynd allan ar eich pennau'ch hunain!" meddai Mr Harris ar ei thraws. "Neu fel arall fe fyddan nhw'n gorfod chwilio am ddau blentyn dwl sy wedi cael eu bwyta gan lewod."

"Mae ein tiwtor yn dod gyda ni," mynnodd Ben. "Mae hi'n well nawr. Rydyn ni'n aros amdani."

"Mae hi'n gyfarwydd iawn â'r ardal," meddai Sara, gan ychwanegu at y stori. "Roedd hi'n byw yma pan oedd hi'n blentyn." Roedd ei chalon yn curo'n wyllt. A fyddai Mr Harris yn credu?

"Hm!" meddai Mr Harris. "O'r gore." Edrychodd yn ansicr am foment. "Ble yn union y'ch chi'n mynd?"

Meddyliodd Ben ar ras. "I'r pentref," meddai. "Mae ein tiwtor eisiau i ni astudio bywyd y pentref am ddiwrnod cyfan."

Gwenodd Frank Harris yn dynn. Roedd e'n falch nad oedden nhw'n mynd i'r un cyfeiriad ag e, sylweddolodd y plant. "Dere, Lester," snwffiodd. "Rydyn ni wedi gwastraffu digon o amser. Ffwrdd â ni. Dwi wedi archebu brecwast. Mae gyda ni daith hir o'n blaenau, felly rhaid cael digon o fwyd i'n cadw i fynd."

Dilynodd y bachgen cysglyd ei dad.

"Am broblem!" sisialodd Sara. "Roedden ni'n meddwl fod gyda ni dri diwrnod cyn i'r helfa ddechrau. Pam maen nhw wedi newid eu cynlluniau'n sydyn?"

"Does dim amser i boeni am hynny," atebodd Ben. "Ein tasg ni yw achub Tomboi, felly rhaid i ni gyrraedd cyn yr helwyr a thrin ei goes."

"A rhoi gwybod i Wncwl Steffan er mwyn iddo fe rybuddio Gwasanaeth Bywyd Gwyllt Cenia," ychwanegodd Sara. "Dere. Fe wnawn ni siarad ag e ar y ffordd."

Sleifiodd y plant drwy erddi'r gwesty, rhwng y sbotoleuadau. Neidion nhw y tu ôl i gerflun o hipopotamws, pan ddaeth gwarchodwr â gwn heibio. Roedd y wawr yn torri, a'r awyr yn dal yn oer.

"Rhaid i ni chwilio am lwybr newydd," meddai Ben. "A bydd hynny'n anodd. Mae'n bosib gweld yn bell am fod y tir mor wastad. Os awn ni'n agos at yr helwyr, fe welan nhw ni'n hawdd." Chwiliodd am lun lloeren o'r ardal ar y BYG. Roedd golau bach coch yn wincian o'r gwesty. "Maen nhw'n dal i fwyta."

"Gobeithio ei fod e'n frecwast enfawr, a byddan nhw'n dal i gnoi am hir," meddai Sara.

"A gobeithio bydd Frank Harris mor llawn, fydd e ddim yn gallu cerdded." Chwarddodd Ben a chwyddo'r map nes bod y pwll dŵr yn dod i'r golwg. "Fe ddylen ni fynd tua'r de-ddwyrain," mwmialodd, "ond os awn ni tua'r de-orllewin yn gynta, bydd mwy o le i guddio."

"Rwyt ti'n iawn." Nodiodd Sara ac edrych dros ei ysgwydd. "Mae 'na glystyrau o goed draw fan'na …" Pwyntiodd. "… A draw fan'na."

"Wedyn fe awn ni tua'r de-ddwyrain drwy'r creigiau, nes cyrraedd y prysgwydd yn ymyl y pwll dŵr," meddai Ben. "Bydd hwnnw'n lle da i guddio nes i'r eliffantod ddod bore fory. Fe wersyllwn ni ar y ffordd."

"Ond bydd rhaid i ni symud yn go gyflym," meddai Sara. "Mae'n llwybr ni'n hirach na'u llwybr nhw."

Gwasgodd Ben fysellau'r BYG. "Dwi'n gyrru neges i ddweud wrth Wncwl Steffan fod y cynlluniau wedi newid."

"Rhaid i ni fod yn barod i ddefnyddio'r gynnau tawelu," ychwanegodd Sara, a phwyntio at arwydd mawr – PEIDIWCH Â MYND YMLAEN HEB WARCHODWR. "A'r chwistrelli chwalu arogl, rhag ofn i anifail rheibus ein harogli."

Pan oedd pobman yn dawel, fe sleifiodd y ddau o erddi'r gwesty. Astudiodd Ben y map ar ei BYG ac amneidio ar Sara i'w ddilyn.

Ar ôl mynd heibio'r gwesty, roedd 'na

PENTREF SAMBURU

GWESTY
AMANI

*LLWYBR
BEN A
SARA*

CREIGIAU

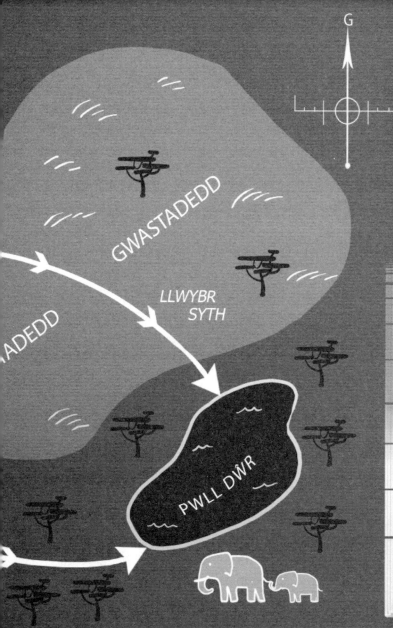

G

GWASTADEDD

...ADEDD

LLWYBR
SYTH

PWLL DŴR

heb fod ar raddfa

olygfa wych o'u blaen. Llifai haul y bore dros y tir. Ymestynnai'r gwastadedd tua Mynydd Cenia yn y pellter pell, dan ei gapan o eira. Tyfai coed yma a thraw – yr acasia dal bluog a'r baobab â'i boncyff trwchus.

Symudai'r plant yn gyflym, gan wibio dan gysgod y coed ble bynnag y gallen nhw. Wrth i'r haul ddechrau cynhesu'r tir sych, deffrôdd y gwastadedd. Porai heidiau o sebras a gnwod ar y glaswellt agored, a rhedai jiraffiaid yn herciog, fel pe baen nhw'n cwrso'i gilydd.

"Edrych draw fan'na!" ebychodd Ben. "Wrth y coed. Waw! Ein heliffant cynta."

"Mae'n enfawr!" meddai Sara, a'i llygaid fel soseri. "Ond dyw e ddim yn rhan o'n haid ni, yw e?"

"Gwryw yw e," meddai Ben. "Os wyt ti'n cofio, dwedodd Wambua eu bod nhw'n byw ar eu pennau'u hunain."

Stampiodd y gwryw rhwng y coed, gan ysgwyd ei ben a'i drwnc mewn tymer.

"Dyw e ddim mewn hwyliau da," meddai
Sara. "Lwcus ein bod ni'n ddigon pell i ffwrdd."

Stopiodd Ben yn sydyn. "Beth yw hwnna
draw fan'na?" gofynnodd, gan bwyntio i'r
pellter. "Tua'r dwyrain. Mae rhywbeth yn
symud, a dwi ddim yn meddwl mai anifail yw
e." Taflodd ei hun yn fflat ar lawr, a thynnu
Sara ar ei ôl.

Cipiodd Sara'i binociwlars a'u ffocysu. "Yr helwyr! Ac o'n ni'n cerdded dros dir agored!"

"Lwcus 'mod i wedi'u gweld nhw!" gwichiodd Ben. "Wyt ti'n meddwl eu bod nhw wedi'n gweld ni?"

"Fe ddweda i wrthot ti nawr," meddai Sara, a thanio CATH.

"Fe weles i rywbeth," meddai llais Mr Harris. "Pobl, dwi'n meddwl."

"Wela i neb," atebodd llais Chitundu. "Anifail oedd e, mwy na thebyg."

"Gobeithio," chwyrnodd yr heliwr, "er dy fwyn di."

"Gan ein bod ni wedi stopio, alla i gael siot ar dynnu llun?" gofynnodd Lester. "Mae pawb yn symud mor gyflym, dwi ddim wedi cael cyfle i dynnu un llun eto."

"Fe gei di sawl siot yn nes ymlaen." Chwarddodd ei dad yn slei.

"Rhaid i ni fod yn fwy gofalus," meddai Sara. Astudiodd y map ar ei BYG. "Dylen ni fynd yn bellach i'r gorllewin."

Dilynon nhw lwybr gwahanol, gan guddio mewn gwair uchel neu lwyni trwchus ble bynnag y gallen nhw.

Yn sydyn daeth sŵn rhwygo gwyllt o'u blaenau, a ffrwydrodd eliffant gwryw o'r llwyni. Stampiodd ei draed blaen, a chwythu'n ffyrnig drwy'i drwnc. Rhewodd y plant, heb feiddio cymryd cam.

"Aros yn llonydd," sibrydodd Ben. "Falle chymerith e ddim sylw ohonon ni."

Clywson nhw chwyrnu isel wrth i'r eliffant ysgwyd ei ben. Yna fe gododd ei drwnc a rhuo'n uchel mewn tymer.

"Rhed!" gwaeddodd Sara, wrth i'r eliffant ddechrau ymosod.

PENNOD WYTH

Carlamodd yr eliffant tuag atyn nhw, a'i glustiau enfawr ar led.

Cydiodd Ben ym mraich ei chwaer wrth iddi droi i redeg.

"Cama i ganol y llwyni trwchus," meddai'n dawel. "Symuda'n araf, a phaid ag edrych i fyw ei lygaid."

Er bod pob gewyn yn ei chorff yn dweud wrthi am redeg, ufuddhaodd Sara. Roedd hi'n trystio Ben. Ond roedd hi'n anodd iawn peidio ag edrych dros ei hysgwydd wrth i chwe mil cilo o eliffant ddod amdani.

Taranodd y traed yn nes. Hedfanodd dail a brigau drwy'r awyr, wrth i'r eliffant ymwthio drwy'r llwyni tuag at guddfan y plant.

Ond mor sydyn ag y dechreuodd, fe stopiodd y taranu, a chlywodd y plant snwffian uchel. Safai'r eliffant ychydig bellter i ffwrdd, yn ysgwyd ei ben. O'r diwedd, trampiodd i ffwrdd a'i drwnc yn ysgwyd.

"Dim ond esgus ymosod oedd e," meddai Ben. "Fel o'n i'n meddwl. Roedd ei glustiau tuag ymlaen. Byddai pawb sy'n deall eliffantod yn gwybod hynny."

Edrychodd Sara arno'n syn. Syllodd Ben arni'n ddwys am bum eiliad gron, cyn chwerthin dros y lle.

"Darllenes i am eliffantod ar yr awyren," cyfaddefodd. "Os yw'r eliffant â'i glustiau tuag ymlaen ac yn gwneud sŵn mawr, mae e'n trio dangos mai fe yw'r bòs. Os yw e'n dawel, a'i glustiau'n ôl, dyna pryd mae dychryn go iawn." Edrychodd yn ffug-ddifrifol a chrafu'i ên. "Neu

a ydw i wedi cymysgu?" Neidiodd o'r ffordd
wrth i Sara roi pwniad bach.

O'r diwedd fe gyrhaeddon nhw'r creigiau
oedd yn brigo drwy'r gwair melyn.

"Amser bwyd," meddai Ben a disgyn dan
gysgod hyfryd silff o graig. Agorodd far o fwyd
maethlon.

"Maen nhw wedi stopio hefyd," meddai Sara,
gan wylio sgrin ei BYG.

Roedd Mr Harris yn bwyta plataid o fwyd,
oedd yn dod i'r golwg bob tro roedd e'n plygu'i
ben i godi llond fforc i'w geg.

"Bwyta, fachgen!" meddai a'i geg yn llawn. "Mae hwn yn flasus."

Am foment daeth Lester i'r golwg. Roedd e'n chwarae'n ddiflas â'r bwyd ar ei blât.

"Dwed wrtho fe be fyddwn ni'n wneud fory, Chitundu," cyfarthodd Mr Harris. "Fe fydd hynny'n codi'i galon."

Daeth Chitundu i'r golwg. Roedd e'n swatio ychydig bellter i ffwrdd, ac yn edrych yn hunanfodlon.

"Byddwn ni'n gwersylla heno, ac ar doriad gwawr bore fory, byddwn ni'n cyrraedd y man lle mae'r eliffantod yn yfed," meddai. "Dwi wedi taflu bolas am goes un o'r lloi. Mae'r fagl yn torri i mewn i'w goes ac yn ei arafu."

"Ych! 'Na ddyn ffiaidd!" hisiodd Sara, wrth i Chitundu ddal ati i egluro'r cynllun.

"Wnaiff y fam ddim gadael yr un bach ar ôl, felly bydd y ddau'n cael eu gwahanu oddi wrth weddill yr haid. Bydd hi'n hawdd i dy dad saethu'r fam. Mae hi'n anifail gwych, gydag ysgithrau da."

"Ardderchog!" meddai llais Mr Harris. Swniai'n gyffrous. "Fe fydda i'n ei harddangos yng nghyntedd tŷ ni."

"Beth?" sgrechiodd llais. Roedd Lester yn syllu ar ei dad mewn dychryn. "Wnest ti ddim sôn am saethu," ychwanegodd. "O'n i'n meddwl mai dod yma i dynnu lluniau agos o anifeiliaid oedden ni."

"Ie." Symudodd y llun lan a lawr wrth i Mr Harris nodio. "Agos iawn!"

Roedd ei lais bodlon yn gwneud i Sara deimlo'n sâl.

Daliai Lester ati i brotestio. "Dwi ddim eisiau hela! Sawl gwaith ydw i wedi dweud wrthot ti? Dwyt ti byth yn gwrando. Ac mae'n groes i'r gyfraith ta beth."

"Mae hynny'n fwy cyffrous," meddai llais Mr Harris. "Beth bynnag, mae Chitundu'n gofalu am hynny, yn dwyt?"

"Ydw, syr." Gwenodd Chitundu ar ei feistr.

"A does neb yn amau dim, oes e?" meddai Mr Harris. "Er o'n i'n methu deall pam y newidiest ti ddyddiad y daith mor sydyn. Does dim problem, oes e?"

"Na," meddai Chitundu. "Roedd rhaid i fi a chogydd arall gyfnewid gwyliau, dyna pam y cychwynnon ni bore 'ma."

"Beth am y Samburu?" gofynnodd Mr Harris. "Ydyn nhw'n gwybod be sy'n digwydd?"

"Chawn ni ddim trafferth gan y Samburu." Gwenodd Chitundu'n gas. "Dwi wedi bod yn gwneud hyn ers tro. Mae pobl y pentref yn esgus eu bod nhw a'r eliffantod wedi bondio, ac fe brotestion nhw ar y cychwyn, ond wedyn fe drefnes i fod ... ffrindiau yn galw i'w gweld. Fe ddysgodd y bobl eu gwers, pan losgwyd eu cabanau."

Trodd Sara at Ben. "Felly dyna be ddigwyddodd ym mhentref y Samburu," meddai.

Nodiodd Ben. "A dyna pam mae'r

pentrefwyr mor ofnus."

Trodd y ddau'n ôl at y sgrin, pan glywson nhw lais Lester.

"Mae hyn yn ofnadwy, Dad." Nesaodd. "Dwi ddim eisiau cymryd rhan."

"Paid â bod yn fabi! Mae gyda ni syrpreis gwych i ti. Yn does, Chitundu?"

"Mae gen i wn arbennig ar gyfer rhywun sy'r un

taldra a'r un pwysau â ti," atebodd Chitundu.
"Bydd yr eliffant bach yn methu symud rhyw
lawer am fod ei goes yn brifo. Fe gei di ladd dy
anifail cynta."

"Chewch chi ddim lladd Tomboi,"
mwmialodd Ben. "Ddim os cyrhaeddwn ni yno
gynta."

"Dwi ddim eisiau." Roedd Lester wedi
dychryn.

"Mae eisiau i ti galedu, 'machgen i," meddai
Mr Harris yn swta. "Fe ddechreuwn ni nawr.
Fe ro i wers focsio i ti, er mwyn i ti gryfhau a
dysgu sut i ymateb yn gyflym. Wedyn fe fyddi
di'n heliwr da fel fi."

"Dwi ddim eisiau."

Gwelodd Ben a Sara'r bachgen yn cilio oddi
wrth ei dad.

"Nonsens! Bwra fi!"

"Na! Gad lonydd i fi ..."

"Cwyd dy ddyrnau, fachgen!" heriodd Mr
Harris. Cymerodd gam tuag at ei fab, a'r eiliad

nesaf fe grynodd y llun ar BYG a chwyrlïo.

"Mae ei het wedi cwympo," meddai Sara, a dal ei gwynt. Gwelodd hi a Ben gip o sawdl esgid fawr, ac yna daeth sŵn crensian cas ac aeth y sgrin yn ddu. Edrychodd y ddau ar ei gilydd mewn dychryn llwyr.

"Mae wedi damsgen ar CATH!" llefodd Ben. "Ac wedi'i dorri!"

"Mae hynna'n ofnadwy!" meddai Sara. "Allwn ni mo'u tracio nhw nawr. Fyddwn ni ddim yn gwybod pa mor bell maen nhw wedi mynd."

"Felly rhaid i ni frysio," meddai Ben. "Fe yrra i neges at Wncwl Steffan a dweud ein bod ni wedi colli cysylltiad."

Erbyn nos roedd Ben a Sara wedi blino'n lân. Er bod eu coesau'n brifo, roedden nhw wedi dal ati nes oedd yr awyr yn goch, yr haul yn

belen fawr oren ar y gorwel, a gwres y dydd
wedi dechrau cilio.

"Dylen ni aros," meddai Ben. "Rhaid i ni
gysgu."

"Ond does dim cysgod fan hyn," protestiodd
Sara. "Edrych, draw fan'na. Mae 'na godiad
bach yn y tir. Dyw e ddim yn bell. Gallwn ni
orwedd yn ein sachau cysgu a gweld y
gwastadedd i gyd."

"Ond allwn ni ddim cynnau tân lan fan'na,"
meddai Ben, wrth i'r ddau fynd yn eu blaen.
"Bydd pawb yn ei weld. Drwy lwc mae'n
sachau cysgu'n gynnes."

Pan gyrhaeddon nhw'r bryncyn bach,
ysgydwodd Ben y sachau cysgu tenau, tenau –
un o ddyfeisiau clyfar eu tad bedydd. Swatiodd
y ddau ar y llawr caled orau gallen nhw.

Estynnodd Sara far maethlon i Ben. "Pysgod
a sglodion!" Chwarddodd. "A hufen iâ siocled
i ddilyn."

"Dyna braf fyddai hynny!" ochneidiodd Ben.

Ar ôl swper, gorweddodd y ddau i lawr, a
gwrando ar siffrwd yr anifeiliaid yn y gwair,
udo'r cŵn gwyllt a sgrech wallgo'r udfilod.

Edrychodd Ben ar ei BYG. "Dim ond
gwneud yn siŵr bod y chwalwr arogl yn
gweithio," meddai. "Fel arfer mae'r anifeiliaid
rheibus yn hela liw nos."

Syllodd Sara ar y miloedd o sêr yn
disgleirio'n llachar yn yr awyr ddudew. O'r
diwedd fe gysgodd yn anesmwyth, a'i

breuddwydion yn llawn o ynnau ac
eliffantod yn marw.

"Sara!"

Deffrôdd yn sydyn.

"Paid â symud!"

Roedd Ben yn gorwedd yn hollol lonydd
yn ei hymyl. Roedd hi'n dywyll iawn, ac
anadl Sara'n creu cymylau gwyn yn yr awyr
oer. Ac yna fe sylwodd hi. Roedd siâp
tywyllach fyth yn sniffian eu bagiau cefn, a
bron iawn yn cyffwrdd â hi. Roedd ganddyn
nhw ymwelydd – llewes enfawr a llwglyd.

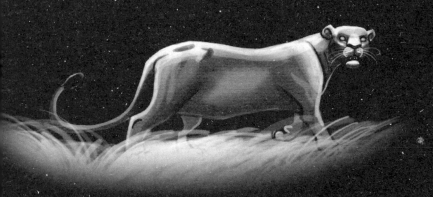

PENNOD NAW

Gwrandawodd Ben a Sara ar snwffian tawel y llewes oedd yn prowlan o'u cwmpas. Cerddai'r llewes yn ôl ac ymlaen, gan wthio'r bagiau â'i thrwyn. Pan gwympodd un bag, fe neidiodd yn ôl gan chwyrnu. Crynodd llygaid Sara mewn braw, ond fentrai hi ddim symud, ddim hyd yn oed i estyn am ei gwn tawelu.

Nawr fedren nhw ddim gweld y llewes, ond fe glywson nhw sŵn crafu rhyfedd, a "bîp". Suddodd calon Sara. Roedd y llewes yn pawennu'i BYG. Beth os byddai hi'n gwneud niwed i'r teclyn, a'r chwalwr arogl yn torri?

Byddai'r llewes yn siŵr o'u harogli. Teimlodd
Sara'r panig yn llenwi'i brest. *Cofia wersi
Gwyllt*, meddai wrthi'i hun. *Dim symud.
Anadlu'n dawel, dawel.*

Gorweddai Ben yn llonydd. Roedd e'n
sylweddoli fod Sara mewn panig, ond doedd

dim i'w wneud. Daeth pen enfawr y llewes i'r golwg uwch ei ben. Caeodd ei lygaid wrth i'w thrwyn ddod yn nes ac yn nes. Teimlodd anadl boeth ar ei wyneb. Roedd yn arogli o waed. Cyffyrddodd ei thrwyn â'i foch. Roedd hi'n anodd credu fod yr anifail mor dyner, a hefyd mor … Feiddiai Ben ddim meddwl am y peth.

Yna fe glywson nhw rywbeth yn brefu yn y pellter. Chwyrlïodd y llewes a rhedeg tuag ato. Atseiniodd sgrechfeydd a sŵn carnau'n carlamu.

Am foment symudodd Ben a Sara 'run gewyn. O'r diwedd fe godon nhw ar eu heistedd a syllu'n ofidus i'r tywyllwch, rhag ofn i'r llewes ddod yn ei hôl.

Estynnodd Ben am BYG ei chwaer. "Iych! Mae'n diferu o boer llewes, ond o leia mae'n gweithio."

"O'n i mor ofnus," sibrydodd Sara'n grynedig. "Bues i bron â thynnu sylw'r llewes."

Rhoddodd ei brawd ei fraich amdani. "Rwyt

ti newydd osgoi cael dy fwyta gan anifail mwya rheibus Affrica," meddai. "Byddai unrhyw un yn ofnus."

Gwenodd Sara'n ddiolchgar. "Gobeithio bod y creadur bach sgrechlyd wedi dianc yn ddiogel."

"Meddylia am y llewes fel cloc larwm," ychwanegodd Ben. "Dwi erioed wedi deffro mor gyflym!"

"Gwell i ni symud," meddai Sara, gan rwbio'i breichiau i'w cynhesu. "Fydd yr helwyr ddim wedi codi eto, felly byddwn ni ar y blaen. Ffwrdd â ni tua'r dwyrain, a'r pwll dŵr." Tynnodd eu gogls nos ysgafn o'r bagiau ac estyn pâr i Ben.

Nodiodd Ben a thaflu bar bwyd tuag ati.

"Dwyt ti ddim yn llwgu'n barod!" ebychodd Sara. "Dim ond pedwar o'r gloch yw hi."

"Rhaid i fi gael brecwast," mynnodd Ben.

Trodd y tywyllwch yn wyrdd, pan wisgon nhw'u gogls. Roedd pob coeden a phob blewyn o wair i'w gweld yn glir, wrth i'r ddau gerdded yn eu blaen a dilyn y map lloeren.

"Beth yw'r sŵn 'na?" gofynnodd Ben yn sydyn, a chydio yn strapen rycsac Sara. "Dwi'n clywed hisian o'n blaen. Ac edrych, mae'r llawr yn symud!"

Camodd y plant yn ôl. Roedd colofn lydan o forgrug yn martsio heibio, ac yn llenwi'r llwybr. Ymestynnai'r golofn i'r ddau gyfeiriad. Dringai'r morgrug dros y dail a'r brigau ar lawr, heb aros eiliad. Yma a thraw roedd un neu ddau forgrugyn mawr, â phennau sgwâr.

"Marchforgrug yw'r rhai mawr," sibrydodd Sara, a phwyntio atyn nhw. "Maen nhw mor hir â 'mys i."

Gwasgodd Ben fotwm ar ei BYG ac estyn y teclyn tuag at yr haid fawr o forgrug. Swniai'r hisian yn uwch fyth.

"O leia does dim neidr," meddai Sara'n falch. "Sŵn y morgrug yn martsio yw'r hisian. Allwn ni gerdded drwy'r golofn?"

Ysgydwodd ei brawd ei ben. "*Dorylus*,"
darllenodd. "Morgrug saffari."

Yr eiliad honno fe gripiodd pry cantroed tuag
at y golofn. Rhuthrodd y morgrug agosaf

amdano. Cyn hir roedd e'n gorwedd yn
llonydd, a bwytawyd ei gorff o fewn ychydig
eiliadau. Crynodd Sara. "Gwell i ni aros iddyn
nhw fynd."

Chwarddodd Ben. "Mae miliynau ohonyn nhw. Fe fyddwn ni yma am ddyddiau!"

"Pe bai'r coed acasia'n tyfu'n nes at ei gilydd, gallen ni'u defnyddio fel pont," meddai Sara.

"A phe bai rhaffau hir o blanhigion yn hongian i lawr, gallen ni swingio dros eu pennau fel Tarsan." Gwenodd Ben. "Allwn ni ddim gwastraffu rhagor o amser. Falle gallwn ni groesi yn nes ymlaen."

Cerddodd y ddau wrth ochr y morgrug, ond gan gadw'n ddigon pell i ffwrdd. Pan âi pryfed anffodus yn rhy agos, roedd y morgrug yn llifo drostyn nhw ac yn eu bwyta mewn chwinciad.

"Mae gyda nhw lwybr pendant, ac maen nhw'n mynnu cadw ato," meddai Ben.

Gwylion nhw'r golofn lydan o forgrug yn gwau'i ffordd dros y tir agored garw, nes toddi i'r pellter.

"Dyw'n cynllun ni ddim yn gweithio,"
meddai Sara'n ofidus, gan edrych ar y map ar
ei BYG. "Mae'r morgrug yn mynd tua'r de, a
ninnau eisiau mynd tua'r dwyrain. Maen
nhw'n ein gwthio ni oddi ar ein llwybr. Rhaid i
ni groesi rywsut, neu wnawn ni byth gyrraedd y
pwll dŵr mewn pryd."

"Allwn ni ddim croesi eto," meddai Ben.
"Rhaid i ni ddal ati."

"Edrych!" Roedd Sara'n syllu o'i blaen.
"Mae'r coed yn tyfu'n nes at ei gilydd fan hyn.
Dilyn fi." Cydiodd ym moncyff y goeden
agosaf, a llusgo'i hun i'r canghennau.
Sylwodd Ben fod y dail yn gwau drwy frigau
coeden fach arall yr ochr draw i'r golofn
forgrug.

Cyn hir roedd Sara'n hongian gerfydd ei
breichiau o gangen uchel a ysgydwai'n beryglus
wrth iddi symud tuag ymlaen. Estynnodd ei
braich a gafael yn un o ganghennau'r goeden
fach. Teimlai'n ddigon cadarn. "Bant â fi!"

Wrth iddi swingio draw, fe blygodd y gangen dan ei phwysau a bron iawn iddi golli'i gafael. Cipedrychodd ar yr afon fyrlymus o forgrug oddi tani a chofio beth oedd wedi digwydd i'r pry cantroed. Allai hi ddim dioddef meddwl! A'i dyrnau'n wyn, fe gydiodd yn dynn a symud un llaw dros y llall nes cyrraedd y boncyff. Neidiodd i'r llawr yn fuddugoliaethus.

"Hawdd-pawdd!" gwaeddodd.

Dringodd Ben y boncyff a chripian tuag at gangen y goeden fach. Gwichiodd y gangen yn fygythiol dan ei bwysau.

"Brysia!" gwaeddodd Sara. "Mae'n mynd i dorri."

"Dwi'n dod," meddai Ben, a stryffaglu ar hyd y gangen.

SNAP! Holltwyd yr awyr gan sŵn y gangen yn torri'n rhydd. Plymiodd Ben tuag i lawr, gan gicio'n wyllt i osgoi'r golofn o forgrug marwol. Rholiodd dros y llawr a neidio ar ei draed.

"Cael a chael oedd hi!" ebychodd. Neidiodd

yn sydyn mewn poen a gwasgu'i fraich. "Aw!"

Gwelodd Sara forgrugyn mawr ar benelin ei brawd. Roedd dau arall yn bellach i fyny'i fraich. Sgubodd nhw o'i groen, gan adael

marciau tywyll. Gwichiodd Ben bob tro.

"Mae'n iawn," meddai Sara. "Maen nhw wedi mynd."

"Diolch," ochneidiodd Ben, ac edrych ar y briwiau. "Trueni'u bod nhw wedi gadael eu dannedd ar ôl!"

Cyfeiriodd Sara olau tortsh. Yn ddwfn yng nghroen Ben, roedd tair set o ddannedd morgrug pitw bach. Dechreuodd eu tynnu allan, ond sgrechiodd Ben a thynnu'i fraich yn rhydd. "Rhy boenus," meddai. "Beth bynnag, does dim amser i'w golli."

Chymerodd Sara ddim sylw. Tynnodd y cit meddygol o'i bag a darllen y labeli yng ngolau'r tortsh. "Eli lladd poen," meddai, gan agor y top. "Mae'n gryf ac yn gweithio'n dda." Heb aros am ateb, rhwbiodd yr eli ar ei fraich, ac i ffwrdd â'r ddau.

O'r diwedd fe gamodd y plant o gysgod y coed,
wrth i belydrau cynta'r wawr lifo dros y tir
agored. Tynnon nhw'u gogls nos a'u rhoi yn
eu bagiau. O fewn ychydig funudau roedd
pelen fawr felen yr haul wedi codi dros y
gorwel. Dechreuodd yr adar ganu'u cân foreol,
a sbonciodd babŵns o'r ffordd, wrth i'r plant
nesáu. Crwydrodd byffalos heibio. Porai haid
o impalas yn dawel a'u gwylio. Yn y pellter
gorweddai mynydd dan gapan gwyn, ac o'u
blaen, yn grychau bach disglair, roedd y pwll
dŵr.

"Dyma ni!" ebychodd Ben. "A dyw'r helwyr ddim yma eto."

"Edrych – mae'r haid yn dod!" meddai Sara mewn cyffro.

Swatiodd y plant yn y prysgwydd trwchus, a gwylio rhes o eliffantod yn cerdded yn drwm tuag at ymyl y pwll.

"Nyeupe, matriarch yr haid, yw'r un sy ar y blaen," sibrydodd Ben, a phwyntio at eliffant gwelw enfawr â chroen crychlyd iawn.

"Does dim llo bach, felly mae Tomboi a'i

fam yn bell ar ôl," meddai Sara.

Snwffiodd Nyeupe a cherdded i mewn i'r pwll. Dilynodd y lleill gan sugno'r dŵr a'i chwistrellu i'w cegau.

Ochneidiodd Sara'n hapus, pan welodd hi ddau o'r eliffantod ar y lan yn lapio'u trynciau'n chwareus am ei gilydd.

"Dim slwtsh – dim amser!" mynnodd Ben. "Rhaid i ni fynd i chwilio am Tomboi a'i fam. Byddan nhw'n dod o'r un cyfeiriad â'r lleill. Os awn ni i ochr ogleddol y dŵr, y tu ôl i'r coed mwya trwchus, dylen ni gwrdd â nhw cyn iddyn nhw gyrraedd yr haid."

Cododd y plant mor araf â phosib, ac anelu am y llwyni y tu ôl i'r eliffantod.

"Hwn yw eu llwybr arferol," meddai Ben, gan syllu ar y llwybr drwy'r coed. "Mae'r tir wedi'i sathru."

"Rhaid bod y fagl yn gwneud niwed mawr i Tomboi," sibrydodd Sara. "Dyw e ddim yn y golwg eto. Beth os yw'r briw wedi mynd yn ddrwg iawn?"

Ar y gair, crynodd BYG Ben. "Wncwl Steffan!" meddai.

"Mae 'na dipyn bach o broblem," meddai llais gofidus eu tad bedydd. "Dwi ddim yn siŵr a fydd Gwasanaeth Bywyd Gwyllt Cenia'n gallu cyrraedd y pwll dŵr mewn pryd."

"Dim ond ni all helpu 'te," meddai Ben.

"Peidiwch â mentro o gwbl. Gallai pethau droi'n ddrwg. Os gallwch chi, ffilmiwch yr helwyr ar eich BYGs, ac fe wnawn ni esgus mai twristiaid sy wedi tynnu'r lluniau. Ond dim byd arall. Neges drosodd."

Trodd Sara at Ben. "Mae'n rhaid i ni drio'u stopio."

Yn sydyn cleciodd gwn.

"Yr helwyr!" llefodd Sara. "Maen nhw yma!"

PENNOD DEG

Rhedodd Ben a Sara ar hyd y llwybr eliffantod tuag at y sŵn.

Wrth fynd heibio coeden baobab, safodd y ddau mewn braw. Roedd golygfa erchyll o'u blaenau.

Ar y llawr gorweddai eliffant benyw. Llifai'r gwaed o'r briw ar ei hochr, a chronni'n bwll coch tywyll dan ei bol. Doedd hi ddim yn symud. Safai'i llo uwch ei phen, gan ruo'n drist a thrio'i chodi â'i drwnc bach. Gwelodd y plant fod weiren am ei goes ôl, a chrawn melyn yn llifo o'r clwyf. Roedd yr un bach bron yn rhy wan i sefyll.

"Tomboi!" meddai Sara'n floesg. "Maen nhw wedi saethu'i fam. Rhaid i ni 'i achub e."

Neidiodd Sara yn ei blaen, ond tynnodd Ben hi'n ôl i'r cysgod yn syth. "Aros!" sibrydodd. "Bydd yr helwyr yn ein gweld."

Ond roedd rhu trist y llo bach yn ormod i Sara. "Allwn ni ddim aros a gwylio!" Llyncodd yn wyllt i stopio'r dagrau.

"Rhaid i ni aros," mynnodd Ben. "Mae'n rhy beryglus."

Clywson nhw rywun yn gweiddi'n gynddeiriog.

"Y ffŵl, Lester! Pam cydiest ti yn fy mraich? Allwn i ddim anelu'n gywir." Llais Frank Harris oedd e.

"Peidiwch â phoeni, Mr Harris," meddai Chitundu'n gyflym. "Roedd hi'n ergyd broffesiynol iawn. Dwi'n siŵr eich bod wedi'i lladd. A' i i edrych."

"Ddylet ti ddim fod wedi saethu, Dad!"

gwaeddodd Lester. "Mae'n farbaraidd!"

"Paid â siarad dwli, fachgen. Gêm yw hi," meddai'i dad yn swta. "Dy dro di yw hi nawr. Dyma'r gwn. Cydia ynddo fel y dangosodd Chitundu i ti. Mae'r un bach yn darged hawdd. Paid â'm siomi!"

"Dwi ddim yn mynd i saethu. Dwi wedi dweud wrthot ti." Roedd Lester bron â chrio. "Does gen ti ddim hawl i 'ngorfodi i."

"Da iawn, Lester," mwmialodd Ben drwy'i ddannedd.

"Edrych, Ben," sibrydodd Sara, gan sbecian rownd y goeden. "Mae'r fam eliffant yn anadlu!" Gwasgodd fraich ei brawd a gwenu. "Mae'n fyw! Falle'n bod ni mewn pryd wedi'r cyfan. Ar ôl i'r helwyr fynd, fe ."

Rhewodd y plant wrth i Chitundu gerdded tuag at fam Tomboi, gan anwybyddu'r ddadl rhwng Lester a'i dad. Roedd ei reiffl ar ei ysgwydd.

Gwasgodd Ben law Sara. "Betia i fod

Chitundu'n mynd i orffen y gwaith. Mae
Harris eisiau troffi."

Agorodd llygaid Sara mewn braw. "Rhaid i
ni wneud rhywbeth!" meddai'n daer.

"Rhaid i ni aros ein cyfle, Sara. Mae'n anodd, dwi'n gwybod, ond os gwelith Chitundu ni, fe allai'n saethu. Fydd e ddim eisiau tystion. Falle gallwn ni helpu Tomboi o leia." Amneidiodd Ben ar ei chwaer, ac fe sbecion nhw drwy'r dail ar y tad a'r mab. Er eu syndod roedd Frank Harris yn trio tynnu'r gwn o law Lester, a'i wyneb yn gynddeiriog. Roedd ei het anniben wedi disgyn ar lawr.

Cipiodd Sara'i BYG o'i phoced a ffilmio'r cyfan. Trodd a ffilmio Chitundu'n sefyll uwchben y fam eliffant.

"Nawr mae gyda ni brawf," meddai'n chwyrn.

"Mae'r creadur bron â marw'n barod. Mae ei goes wedi brifo," chwyrnodd Mr Harris. "Os nad wyt ti'n ddigon o ddyn i saethu, fe wna i."

"Paid ti meiddio," gwaeddodd Lester. "Chei di ddim!" Roedd e'n mynd i'r afael â'i dad, yn union fel petai ei fywyd ei hun mewn perygl.

Trodd Ben i edrych ar Chitundu. Roedd yr

heliwr yn swatio yn ymyl y fam eliffant. Gan
ruo mewn panig, dechreuodd Tomboi'i dolcio.
Gwthiodd Chitundu e i ffwrdd dro ar ôl tro.
Yna cododd ei wn.

"O'n i'n iawn," mwmialodd Ben, a gwylio'r
dyn yn tynnu tiwb tenau o'r sach ar ei wregys.
"Mae e'n mynd i roi teclyn tawelu sŵn ar y
gwn. Mae'n mynd i'w lladd."

Gollyngodd Sara'i BYG ac ymbalfalu yn ei

rycsac. "Dwi'n mynd i saethu dart tawelu at Chitundu," hisiodd.

Ond wrth iddi anelu'r gwn, cydiodd Ben yn ei braich.

"Be sy'n bod?" gofynnodd Sara. "Dim ond dart tawelu yw e."

"Ond dart i dawelu eliffant ifanc, nid dyn." Tynnodd Ben y gwn o'i llaw. "Gallet ti ei ladd e!"

"Ti'n iawn," meddai Sara'n llesg. "Beth allwn ni wneud?"

"Gallen ni alw'r eliffantod eraill," meddai Ben. "Os clywan nhw fod eu ffrindiau mewn peryg, fe ddôn nhw i helpu."

"Ond maen nhw'n rhy bell i ffwrdd," ochneidiodd Sara.

"Fe alla i chwyddo sŵn Tomboi," meddai Ben. Cododd y BYG a gwasgu'r botwm recordio wrth i Tomboi ruo mewn dychryn.

Swatiodd yr eliffant bach yn ymyl ei fam. Gydag ymdrech enfawr, cododd yr eliffantes ei thrwnc a chyffwrdd yn dirion ag wyneb ei babi. Yna fe orweddodd yn llonydd.

"Ydyn ni'n rhy hwyr?" gofynnodd Sara'n grynedig.

"Dyw hi dim yn rhy hwyr i achub Tomboi," meddai Ben. Trodd y sŵn yn uwch ar y BYG a chwarae'r recordiad. Bloeddiodd llais Tomboi drwy'r awyr. Trodd Chitundu ar ras, a chwilio am ffynhonnell y sŵn.

"Nid eliffant yw hwnna. Mae'n rhy agos," mwmialodd, a cherdded yn benderfynol tuag at eu cuddfan.

Llithrodd Ben a Sara tuag yn ôl, a chuddio orau gallen nhw. Gan ddefnyddio carn ei wn, torrodd Chitundu lwybr drwy'r brigau a'r dail. Roedd e'n dod yn nes. Os mentren nhw redeg, byddai Chitundu'n eu gweld. Ond os arhosen nhw'n llonydd, byddai'n siŵr o'u darganfod. Roedden nhw mewn trap.

Dim ond llen denau o ddail oedd rhyngddyn nhw a'r heliwr.

"Oes rhywun yn cuddio?" rhuodd Chitundu a rhoi'i wn ar ei ysgwydd.

Rhewodd Ben a Sara.

Yr eiliad honno clywyd clec gwn, a rhywun yn rhegi'n wyllt. Stryffagliodd Chitundu'n ôl drwy'r dail. Dilynodd y plant, a gweld Lester, ei wyneb yn wyn, a'r gwn yn hongian yn llipa o'i law. Ar y llawr roedd Mr Harris yn gwingo ac yn cydio yn ei droed.

"Fe saethest ti fi, y twpsyn!" crawciodd. "Paid â sefyll fan'na. Cer â fi i'r ysbyty. Dwi'n colli gwaed."

"Nawr mae e'n gwybod sut mae eliffant yn teimlo!" meddai Ben yn chwyrn. "Mae Lester wedi gwneud ffafr â ni. Bydd rhaid iddyn nhw fynd yn ôl i'r gwesty. Ar ôl iddyn nhw fynd o'r golwg, fe awn ni'n syth at Tomboi."

Cymerodd Chitundu'r gwn o law Lester a'i roi ar y llawr. Penliniodd yn ymyl ei gleient.

"Ble mae'r clwyf?" gofynnodd yn daer.

"Fy nhroed!" crawciodd Mr Harris.

"Saethodd fy mab i, y ffŵl dwl."

"Camgymeriad oedd e, Dad," meddai Lester yn grynedig.

Sgrechiodd Frank Harris wrth i Chitundu dynnu'i esgid a'i hosan. "Mae'n iawn," meddai Chitundu wrtho. "Dim ond crafu'ch bawd mawr wnaeth y fwled. Does dim llawer o waed. Fe wna i drin y clwyf."

Llifodd y lliw'n ôl i fochau Lester a gwenodd yn falch.

Ond digiodd ei dad. "Dwi ddim yn

gwybod pam wyt ti'n edrych mor hapus,"
meddai'n swta, a gwingo wrth i Chitundu
ddechrau glanhau'r briw. "Rwyt ti wedi
difetha'r helfa. Dere â'r gwn i fi. Fe setla i'r
un bach."

Syllodd Ben a Sara ar ei gilydd. Doedd yr
hunlle ddim ar ben.

Ond yn sydyn cododd Chitundu'i ben.
Roedd e'n gwrando'n astud ar ryw sŵn yn y
pellter. "Mae'n rhy beryglus i aros," meddai.
"Mae gweddill yr haid yn dod."

"Ffantastig!" sibrydodd Sara. "Mae dy
gynllun di wedi gweithio, Ben."

"Er i Chitundu bron â'n saethu ni,"
ychwanegodd Ben.

Cododd Mr Harris yn simsan ar ei draed.
"Alla i ddim cerdded yr holl ffordd,"
meddai'n sarrug. "Rhaid i ti alw jîp."

"Dim amser," atebodd Chitundu. "Mae'n
rhy beryglus i aros." Cydiodd yn dynn ym
mraich Mr Harris a'i helpu i hercian i

ffwrdd.

Yn syth ar ôl iddyn nhw fynd, cripiodd Ben a Sara o'u cuddfan a mynd at y ddau eliffant. Gollyngon nhw'u sachau a phenlinio.

"Rhaid i ni frysio!" meddai Sara.

Archwiliodd Ben goes boenus y llo bach. "Mae mewn cyflwr gwael. Mae wedi chwyddo cymaint, mae'n anodd gweld y fagl." Dechreuodd beswch. "Mae'n llidus ac yn drewi!"

Mor dyner â phosib, triodd ddatod y weiren. Ond roedd Tomboi'n rhy wan i ymateb. Aeth ei gorff yn stiff, ac fe ruodd mewn poen.

Mwythodd Sara ben crychlyd Tomboi a rhoi'i breichiau am ei drwnc llipa.

"Rhaid i ni 'i dawelu e," meddai Ben. "Nawr!"

Aeth Sara ati ar unwaith. Sychodd ei llygaid, a thynnu'r gwn tawelu a'r dart o'i

bag. Cododd Ben ar ei draed a saethu'r dart
i ochr Tomboi. Cyn hir roedd yr eliffant
bach yn cysgu'n sownd.

Atseiniodd sgrech gras uwch eu pennau.
Roedd adar enfawr yn cylchu yn yr awyr.

"Fwlturiaid!" gwaeddodd Sara mewn braw.
Cododd ar ei thraed, ac ysgwyd ei
breichiau'n chwyrn.

"Mae'r gwrthfiotig yn yr hylif yn gryf

iawn, felly fe ddylai ddechrau gweithio cyn
bo hir," meddai Ben, a dechrau torri'r bolas
â phleiars.

Daeth sŵn rhuo uchel o gyfeiriad y llwybr,
a neidiodd y plant ar eu traed. Drwy'r coed
fe welson nhw'r haid o eliffantod yn nesáu,
gyda'r fatriarch enfawr ar y blaen.

"Cuddia, Sara," meddai Ben. "Fe ddo i
mewn munud. Alla i ddim torri…" Roedd
ei ddannedd yn dynn, a chwys yn rhedeg i
lawr ei wyneb wrth geisio gafael yn y bolas
â'r pleiars.

"Dwi ddim yn mynd i dy adael di,"
atebodd ei chwaer. "Gad i fi helpu."
Cododd droed lipa Tomboi. "Torra'r ochr
arall."

Gwthiodd Ben flaen y pleiars yn ofalus o
dan y weiren. "Iawn!" ebychodd.

Cleciodd y fagl a neidio oddi ar droed yr
eliffant bach.

Taflodd Sara'r offer i'w bag ar frys. Aillwythodd Ben y gwn tawelu a saethu capsiwl arall i gorff Tomboi.

"Bydd e'n ôl ar ei draed mewn chwinciad," meddai, a chasglu'r ddau ddart. "Mae'r capsiwl yn dadwneud effaith y tawelydd yn gyflym iawn yn ôl Erica."

"Rhaid i ni fod yn mega-cyflym hefyd," meddai Sara'n daer. "Edrych!"

Cododd Ben ei lygaid. Roedd y fatriarch enfawr bron â'u cyrraedd. Roedd golwg wyllt a llawn braw yn ei llygaid, a galwai'n ofidus ar y ddau aelod o'i haid oedd yn gorwedd ar lawr.

Ciliodd Ben a Sara i gysgod y coed wrth i'r haid amgylchynu Tomboi a'i fam.

Aeth rhai at y fam, a thynnu'u trynciau drosti'n ofalus. Cerddai'r lleill o gwmpas gan rymblan yn drist. Gwelodd Ben a Sara'r fatriarch yn lapio'i thrwnc hir am Tomboi, oedd yn stryffaglu i godi. Gyda help dwy eliffantes arall fe gododd hi'r bychan a'i ddal yn dyner yn erbyn ei choes.

"Gwylia!" sibrydodd Sara. "Maen nhw wedi'n gweld ni."

Roedd un o'r eliffantod mwya'n dod tuag atyn nhw. Swatiodd Ben a Sara mewn braw wrth i'r creadur llwyd enfawr sefyll uwchben eu cuddfan. Yna fe gododd ei thrwnc, cydio mewn cangen uwch eu pennau a'i rhwygo i ffwrdd. Dechreuodd y lleill rwygo canghennau hefyd.

Rhoddon nhw'r canghennau'n dyner ar gorff mam Tomboi.

"Mae'n edrych fel rhyw fath o angladd," meddai Ben mewn rhyfeddod. "Felly mae hi wedi marw."

Gwyliodd Sara, a'i dagrau'n llifo'n dawel bach.

Safodd yr eliffantod yn ddwys o gwmpas y pentwr dail. Y fatriarch oedd y gyntaf i symud. Yn dyner iawn fe lywiodd Tomboi ar hyd y llwybr â'i thrwnc. Edrychodd yr eliffant bach dros ei ysgwydd a rhoi bref fach drist, cyn hercian i ffwrdd gyda'r haid.

PENNOD UN AR DDEG

Tynnodd Ben ei BYG o'i sach a gwasgu botwm brys Gwyllt.

"Dwi newydd gael neges oddi wrth Wasanaeth Bywyd Gwyllt Cenia," meddai llais Wncwl Steffan. "Byddan nhw'n dod cyn hir."

"Mae'n rhy hwyr i achub mam Tomboi," meddai Ben. "Fe gafodd hi 'i saethu."

"A beth am Tomboi?"

Dwedodd Ben yr hanes i gyd. "Mae'r helwyr yn cerdded yn ôl i'r gwesty," ychwanegodd.

"Wel, ân nhw ddim yn bell," mwmialodd Dr Fisher. "Fe ddweda i wrth y Gwasanaeth

Bywyd Gwyllt am fynd draw a'u dal. Hefyd fe ofala i fod y Gwasanaeth yn cael fideo Sara – bydd hynny'n brawf pendant yn erbyn Harris a Chitundu."

A'i llygaid yn llawn dagrau, cerddodd Sara draw i ffarwelio â mam Tomboi. Plygodd i lawr, a symud y canghennau'n dyner o'i hwyneb. Mwythodd y talcen llonydd.

Yna fe neidiodd. Oedd un o'r clustiau wedi symud? Ar ras wyllt fe sgubodd y canghennau i gyd i ffwrdd a rhoi'i llaw ar ochr yr anifail. Yr eiliad nesa roedd hi'n sboncio ar ei thraed.

"Ben!" gwaeddodd. "Paid â diffodd y BYG. Mae gen i newyddion i Wncwl Steffan. Mae mam Tomboi'n dal yn fyw!"

Dau ddiwrnod yn ddiweddarach safai grŵp bach o deithwyr ger y pwll dŵr. Roedd hi'n fore oerllyd, a'r wawr newydd dorri, gan daenu haenen felen dros frigau'r coed.

Trodd Wambua at y twristiaid yn ei grŵp. "Sefwch yn llonydd iawn," meddai'n wên o glust i glust. "Mae'n eliffantod annwyl ni'n dod."

A'u llygaid yn disgleirio gwyliodd Ben, Sara ac Erica'r fatriarch welw'n arwain ei haid dros y lan bella at ymyl y dŵr. Safai Lester Harris ychydig bellter i ffwrdd yn tynnu lluniau.

"Welwch chi'r llo bach?" ychwanegodd Wambua. "Mae Tomboi'n lwcus iawn. Diolch i Wasanaeth Bywyd Gwyllt Cenia fe gafodd ei achub o law'r helwyr."

Gwenodd Ben a Sara ar ei gilydd. Fyddai neb yn gwybod fod Gwyllt wedi helpu, wrth gwrs.

"Mae Wambua'n swnio'n hapus," meddai Ben, wrth i'r hen ŵr gerdded i ffwrdd. "Fydd neb yn gallu rhwystro'r Samburu rhag gwarchod yr eliffantod nawr."

"Mae coes Tomboi'n gwella'n dda," sibrydodd Sara yng nghlust ei brawd, wrth i'r ddau wylio'r eliffant bach yn cerdded drwy frwyn tal, gan gadw'n glos at Nyeupe. "Trueni na allwn ni ddweud wrtho fod ei fam yn fyw, ac yn cael gofal da."

"A dweud na fydd yr helwyr yn dod yn eu hôl," meddai Ben yn frwd.

"Byddwn i wedi hoffi gweld wyneb Mr Harris pan ddwedwyd wrtho mai dyna ddiwedd ar ei hela am gyfnod go hir," meddai Sara'n falch.

"A dyna ddiwedd go iawn ar fusnes gwerthu cig Chitundu," ychwanegodd Erica.

Roedd Frank Harris a Chitundu wedi cael eu gyrru'n syth i orsaf yr heddlu. Roedd y ddau'n beio'i gilydd, nes gweld fideo Sara. Credai'r heddlu mai twrist oedd wedi gyrru'r fideo atyn nhw. Ar ôl ei weld, doedd gan Harris a Chitundu ddim dewis ond cyfaddef.

Yn y gwesty roedd yr hanes yn ferw gwyllt. Roedd Runo wedi brysio i ddweud wrth y plant fod Chitundu wedi gwylltu ar ôl i'r heddlu ei ddal, ac yn mynnu fod pobl yn ei wylio o'r llwyni. Hefyd dwedodd Runo fod ei dad-cu wedi ailddechrau arwain teithiau i weld yr eliffantod, a gofynnodd yn ddireidus a oedd Ben a Sara eisiau mynd ar gefn camel eto!

"Dwi'n falch na fydd mam Lester yn cyrraedd am ddiwrnod neu ddau," meddai Ben. "Mae e'n cŵl – yn wahanol iawn i'w dad."

"Bydd hi'n braf cael ei gwmni am weddill y gwyliau," cytunodd Sara.

Ar y gair, daeth Lester Harris draw. Estynnodd ei gamera a dangos y lluniau. "Dyna pam ddes i i Affrica."

"Maen nhw'n wych. Bydd dy fam wrth ei bodd," meddai Sara.

Sobrodd Lester. "Diolch am gadw cwmni i fi ar ôl ... be ddigwyddodd," mwmialodd.

"Mae'n iawn," meddai Ben, a'i brocio'n gyfeillgar. "Yn dyw'r llo bach yn edrych yn iach? Rwyt ti'n arwr ... wel, fe glywes i dy fod ti wedi'i achub rhag cael ei saethu," ychwanegodd yn gyflym.

Cochodd Lester fymryn bach.

Heb feddwl, crafodd Ben y plastr ar ei fraich a gwingo.

"Be sy'n bod?" gofynnodd Lester.

"Morgrug wedi 'nghnoi," meddai Ben. Byddai Lester yn synnu clywed sut yn union gafodd e 'i gnoi!

Dechreuodd Tomboi drotian yn sydyn.
Sugnodd lond trwnc o ddŵr a'i chwistrellu
dros Nyeupe. Chwistrellodd Nyeupe'n ôl, a
rholiodd Tomboi yn y mwd.

"Dyna un eliffant bach hapus iawn!" meddai
Sara gan chwerthin.

ACHUB

DYFODOL YR ELIFFANT AFFRICANAIDD

Mae'r eliffantod yn byw mewn 37 gwlad ar gyfandir Affrica.

Nifer yr eliffantod Affricanaidd yn y byd heddiw — 470,000 – 690,000
  Yn 1930, roedd y nifer ganwaith yn fwy.

Sawl blwyddyn maen nhw'n byw: hyd at 70
  Yr eliffant Affricanaidd hynaf a recordiwyd: gwryw 82 oed, yn pwyso tua 12,000kg.

Eliffantod Affricanaidd yw'r anifeiliaid mwyaf ar dir. Mae ganddyn nhw'r clustiau mwyaf yn y byd!

Gall yr eliffantod gwryw (y teirw) gyrraedd taldra o 4m. Fel arfer maen nhw'n pwyso dros 6,000kg – cymaint â 5 car! Gall y benywod (y buchod) gyrraedd taldra o 2.8m. Maen nhw'n pwyso tua 3,600kg.

Mae'r benywod yn bridio tua unwaith bob dwy i bedair blynedd. Maen nhw'n feichiog am 22 mis – yn fwy nag unrhyw famal arall. Mae'r eliffant newydd-anedig yn pwyso tua 113kg ac mae dros 76cm o daldra. Mae'r llo'n dibynnu ar laeth ei fam am hyd at 4 blynedd.

STATWS: BRON Â BOD DAN FYGYTHIAD

Yn ôl rhestr goch yr Undeb Rhyngwladol dros Warchodaeth Natur mae'r eliffant Affricanaidd "bron â bod dan fygythiad". Os bydd ei niferoedd yn disgyn ymhellach, mae'n bosib y newidir ei statws i "dan fygythiad".

ANIFAIL

BYGYTHION

COLLI CYNEFIN

Colli cynefin yw'r bygythiad mwyaf i'r eliffant Affricanaidd. Yn Affrica gyfan mae llai nag 20% o'i gynefin wedi'i ddiogelu o fewn parciau neu warchodfeydd. Mae tiroedd yr eliffant yn lleihau neu'n mynd yn fwy gwasgaredig wrth i bobl adeiladu heolydd a phentrefi, neu dyfu cnydau. Gall hyn olygu gwrthdaro rhwng eliffantod a phentrefwyr.

Mae trwnc eliffant llawn dwf yn mesur tua 2 fetr ac yn cynnwys tua 100,000 o gyhyrau gwahanol. Defnyddir y trwnc i arogli, anadlu, rhuo, palu, casglu bwyd a sugno dŵr. Mae gan eliffant Affricanaidd ddau ddarn main fel bysedd ar waelod y trwnc, sy'n gallu gafael mewn pethau bach fel aeron neu ddail. Weithiau, i gyfarch ei gilydd neu fel arwydd o gyfeillgarwch, mae eliffantod yn lapio'u trynciau am ei gilydd – fel petaen nhw'n rhoi cwtsh!

POTSIAN

Ar un adeg, potsiars yn hela'r ifori yn eu hysgithrau oedd y perygl mwyaf i'r eliffantod. Mae'r fasnach ryngwladol mewn ifori yn anghyfreithlon erbyn hyn, ond mae'r potsiars yn dal i weithredu. Mae'r Gronfa Natur Fyd-eang yn amcangyfrif bod angen dros 12,000 o eliffantod bob blwyddyn i ddiwallu'r galw am ifori.

Ond mae 'na newydd da hefyd!

Mae'r Gronfa Natur Fyd-eang yn gweithio i wella cynefin yr eliffantod a'u llwybrau mudo. Yng ngwlad Cenia, mae'r Gronfa'n helpu i atal gwrthdaro rhwng eliffantod a phobl, ac yn datblygu ffyrdd o rwystro'r eliffantod rhag dwyn cnydau. Datblygwyd ffens arbennig sy'n gyrru neges destun i rybuddio'r ceidwaid fod eliffant yn trio torri drwyddi!

Os oes gennych angen mwy o
wybodaeth am eliffantod
Affricanaidd, ewch i:

www.awf..co.uk
www.tigertrust.info
www.wwf.org.uk

ACHUB
ANIFAIL

Darllenwch un arall o gyfres
ACHUB ANIFAIL

J. BURCHETT & S. VOGLER

ACHUB
ANIFAIL

TARGED TEIGR

ACHUB ANIFAIL

Mae rhagor o deitlau ar y gweill!

08/15.